Agatha Christie
(1890-1976)

AGATHA CHRISTIE é a autora mais publicada de todos os tempos, superada apenas por Shakespeare e pela Bíblia. Em uma carreira que durou mais de cinquenta anos, escreveu 66 romances de mistério, 163 contos, dezenove peças, uma série de poemas, dois livros autobiográficos, além de seis romances sob o pseudônimo de Mary Westmacott. Dois dos personagens que criou, o engenhoso detetive belga Hercule Poirot e a irrepreensível e implacável Miss Jane Marple, tornaram-se mundialmente famosos. Os livros da autora venderam mais de dois bilhões de exemplares em inglês, e sua obra foi traduzida para mais de cinquenta línguas. Grande parte da sua produção literária foi adaptada com sucesso para o teatro, o cinema e a tevê. *A ratoeira*, de sua autoria, é a peça que mais tempo ficou em cartaz, desde sua estreia, em Londres, em 1952. A autora colecionou diversos prêmios ainda em vida, e sua obra conquistou uma imensa legião de fãs. Ela é a única escritora de mistério a alcançar também fama internacional como dramaturga e foi a primeira pessoa a ser homenageada com o Grandmaster Award, em 1954, concedido pela prestigiosa associação Mystery Writers of America. Em 1971, recebeu o título de Dama da Ordem do Império Britânico.

Agatha Mary Clarissa Miller nasceu em 15 de setembro de 1890 em Torquay, Inglaterra. Seu pai, Frederick, era um americano extrovertido que trabalhava como corretor da Bolsa, e sua mãe, Clara, era uma inglesa tímida. Agatha, a caçula de três irmãos, estudou basicamente em casa, com tutores. Também teve aulas de canto e piano, mas devido ao temperamento introvertido não seguiu carreira artística. O pai de Agatha morreu quando ela tinha o que a aproximou da mãe, com
A paixão por conhecer
até o final da vida.

Em 1912, Agatha conheceu Archibald Christie, seu primeiro marido, um aviador. Eles se casaram na véspera do Natal de 1914 e tiveram uma única filha, Rosalind, em 1919. A carreira literária de Agatha – uma fã dos livros de suspense do escritor inglês Graham Greene – começou depois que sua irmã a desafiou a escrever um romance. Passaram-se alguns anos até que o primeiro livro da escritora fosse publicado. *O misterioso caso de Styles* (1920), escrito próximo ao fim da Primeira Guerra Mundial, teve uma boa acolhida da crítica. Nesse romance aconteceu a primeira aparição de Hercule Poirot, o detetive que estava destinado a se tornar o personagem mais popular da ficção policial desde Sherlock Holmes. Protagonista de 33 romances e mais de cinquenta contos da autora, o detetive belga foi o único personagem a ter o obituário publicado pelo *The New York Times*.

Em 1926, dois acontecimentos marcaram a vida de Agatha Christie: a sua mãe morreu, e Archie a deixou por outra mulher. É dessa época também um dos fatos mais nebulosos da biografia da autora: logo depois da separação, ela ficou desaparecida durante onze dias. Entre as hipóteses figuram um surto de amnésia, um choque nervoso e até uma grande jogada publicitária. Também em 1926, a autora escreveu sua obra-prima, *O assassinato de Roger Ackroyd*. Este foi seu primeiro livro a ser adaptado para o teatro – sob o nome *Álibi* – e a fazer um estrondoso sucesso nos teatros ingleses. Em 1927, Miss Marple estreou como personagem no conto "O Clube das Terças-Feiras".

Em uma de suas viagens ao Oriente Médio, Agatha conheceu o arqueólogo Max Mallowan, com quem se casou em 1930. A escritora passou a acompanhar o marido em expedições arqueológicas e nessas viagens colheu material para seus livros, muitas vezes ambientados em cenários exóticos. Após uma carreira de sucesso, Agatha Christie morreu em 12 de janeiro de 1976.

Agatha Christie

O CASO DO HOTEL BERTRAM

Tradução de Bruno Alexander

www.lpm.com.br

L&PM POCKET

Coleção **L&PM** POCKET, vol. 1198

Texto de acordo com a nova ortografia.
Título original: *At Bertram's Hotel*

Primeira edição na Coleção **L&PM** POCKET: janeiro de 2016
Esta reimpressão: maio de 2017

Tradução: Bruno Alexander
Capa: www.juliejenkinsdesign.com © HarperCollins/Agatha Christie Ltd 2008
Revisão: L&PM Editores

CIP-Brasil. Catalogação na publicação
Sindicato Nacional dos Editores de Livros, RJ.

C479c

Christie, Agatha, 1890-1976
    O caso do Hotel Bertram / Agatha Christie; tradução Bruno Alexander. – 1. ed. – Porto Alegre, RS: L&PM, 2017.
    256 p. ; 18 cm. (Coleção L&PM POCKET, v. 1198)

    Tradução de: *At Bertram's Hotel*
    ISBN 978-85-254-3317-6

    1. Ficção inglesa. I. Alexander, Bruno. II. Título.

15-27155   CDD: 823
                          CDU: 821.111-3

At Bertram's Hotel Copyright © 1965 Agatha Christie Limited. All rights reserved.
AGATHA CHRISTIE, MISS MARPLE and the Agatha Christie Signature are registered trade marks of Agatha Christie Limited in the UK and elsewhere. All rights reserved.
The Agatha Christie Roundel Copyright © 2013 Agatha Christie Limited. Used by permission. All rights reserved.
www.agathachristie.com

Todos os direitos desta edição reservados a L&PM Editores
Rua Comendador Coruja, 314, loja 9 – Floresta – 90220-180
Porto Alegre – RS – Brasil / Fone: 51.3225.5777 – Fax: 51.3221.5380

PEDIDOS & DEPTO. COMERCIAL: vendas@lpm.com.br
FALE CONOSCO: info@lpm.com.br
www.lpm.com.br

Impresso no Brasil
Outono de 2017

*Para Harry Smith
porque aprecio seu modo científico
de ler meus livros*

Sumário

Capítulo 1..9
Capítulo 2..20
Capítulo 3..31
Capítulo 4..42
Capítulo 5..50
Capítulo 6..64
Capítulo 7..76
Capítulo 8..80
Capítulo 9..84
Capítulo 10..89
Capítulo 11..99
Capítulo 12..109
Capítulo 13..114
Capítulo 14..130
Capítulo 15..137
Capítulo 16..146
Capítulo 17..151
Capítulo 18..159
Capítulo 19..164
Capítulo 20..171
Capítulo 21..186
Capítulo 22..199
Capítulo 23..208
Capítulo 24..213
Capítulo 25..219
Capítulo 26..229
Capítulo 27..238

Capítulo 1

No coração do West End, há diversos lugares tranquilos, desconhecidos de quase todo mundo, à exceção dos motoristas de táxi, que os atravessam com a habilidade de especialistas, chegando triunfalmente a Park Lane, Berkeley Square ou South Audley Street.

Se você se afastar de uma despretensiosa rua que sai do parque e virar à esquerda e depois à direita uma ou duas vezes, irá se encontrar numa rua tranquila, onde fica o Hotel Bertram, do lado direito. O Hotel Bertram está ali há muito tempo. Durante a guerra, algumas casas foram demolidas à direita e, um pouco adiante, à esquerda. Só o Bertram se manteve intocado. Naturalmente, como diriam os corretores de imóveis, o prédio não tinha como escapar a certos desgastes, mas, com o gasto de uma quantia razoável, ele foi restaurado à sua condição original. Em 1955, estava igualzinho ao que era em 1939: distinto, sem ostentações e relativamente caro.

Assim era o Bertram, frequentado anos a fio pelos mais altos escalões do clero, por idosas aristocratas vindas do campo e moças que iam passar em casa as férias de suas dispendiosas escolas de aperfeiçoamento. ("Existem pouquíssimos lugares para uma moça se hospedar sozinha em Londres. Mas no Bertram, claro, não há problema. Fomos para lá durante *anos*.")

Evidentemente, havia muitos outros hotéis do tipo do Bertram. Alguns ainda existiam, mas quase todos sofreram mudanças. Tiveram que se modernizar para atender a uma nova clientela. O Bertram também mudou, mas de uma maneira tão inteligente que quase não se nota.

Ao pé da escada que levava às grandes portas de vaivém, encontrava-se um senhor que, à primeira vista, parecia um marechal de campo. Galões dourados e condecorações adornavam-lhe o peito largo e viril. A postura era impecável. Recebia-nos bastante solícito quando deixávamos, com reumática dificuldade, um táxi ou carro particular, encaminhando-nos cuidadosamente pelos degraus e através da silenciosa porta de vaivém.

Do lado de dentro, se fosse sua primeira vez no Bertram, você sentia, quase com assombro, que reingressara num mundo desaparecido. Era como se o tempo voltasse, e de repente você estava na Inglaterra eduardiana novamente.

Havia aquecimento central, claro, mas não aparente. Como sempre, no grande saguão de entrada, viam-se duas magníficas lareiras. Ao lado, dois grandes baldes de latão, brilhando como brilhavam na época em que as camareiras do rei Eduardo os poliam, cheios de pedaços de carvão do tamanho exato. Havia uma aparência geral de veludo vermelho e conforto estofado. As poltronas não pertenciam à nossa era. Erguiam-se bem acima do nível do piso, para que as senhoras reumáticas não tivessem que se esforçar ridiculamente para ficar de pé. Os assentos das cadeiras, ao contrário das poltronas modernas caríssimas, não terminavam entre a coxa e o joelho, causando dores atrozes em quem sofria de artrite ou ciático. E não eram todas do mesmo modelo. Havia encostos retos e encostos inclinados, com diferentes larguras para acomodar os mais magros e os obesos. Seja qual fosse o seu tamanho, sempre se encontrava uma cadeira confortável no Bertram.

Como era hora do chá, o saguão estava cheio. Não que o saguão de entrada fosse o único lugar onde se pudesse tomar chá. Havia uma sala de visitas (forrada em chitão), uma sala de fumantes (reservada só para cavalheiros, por alguma influência oculta) com poltronas de couro da melhor qualidade, duas salas de correspondência, lugar ideal para bater um papo agradável com um amigo num canto tranquilo – e até mesmo escrever uma carta, se você quisesse. Além dessas amenidades da era eduardiana, havia outros recantos, menos comentados, mas conhecidos daqueles que os apreciavam. Havia um bar duplo, com dois atendentes: um barman americano, para fazer com que os hóspedes americanos se sentissem em casa, oferecendo *bourbon*, uísque de centeio e todo tipo de drinque, e um barman inglês, que oferecia xerez e Pimm's nº 1 e conversava sobre os corredores de Ascot e Newbury com os sujeitos de meia-idade que se hospedavam no Bertram no período das corridas mais importantes. Havia também, escondida no fim de um corredor, uma sala de televisão para quem desejasse.

Mas o grande saguão de entrada era o local preferido para o chá da tarde. As senhoras idosas gostavam de observar o movimento de quem entrava e saía, reconhecendo velhos amigos e comentando como eles haviam envelhecido. Havia também visitantes americanos, fascinados de ver os ingleses realmente dedicados ao tradicional chá da tarde. Porque o chá da tarde era mesmo um espetáculo no Bertram.

Era simplesmente esplêndido. Quem presidia o ritual era Henry, grande e magnífica figura, cinquentão, com ares paternais, simpático e com o jeito cortesão dessa espécie há muito desaparecida: o mordomo perfeito. Jovens esbeltos realizavam o serviço sob sua austera supervisão. Havia grandes bandejas de prata brasonadas e bules georgianos, também de prata. A louça de porcelana, mesmo que não fosse, parecia Rockingham e Davenport de verdade. O serviço mais apreciado era o Blind Earl. Havia os melhores chás da Índia, do Ceilão, de Darjeeling, de Lapsang etc. Quanto à comida, você podia pedir o que quisesse, que eles serviam.

Nesse dia específico, 17 de novembro, lady Selina Hazy, 65 anos, vinda de Leicestershire, comia deliciosos *muffins* amanteigados com aquele prazer de senhora idosa.

Seu envolvimento com os *muffins*, porém, não era tão grande a ponto de impedi-la de olhar atentamente toda vez que a porta de vaivém se abria para receber um recém-chegado.

Assim, lady Selina sorriu e, com um aceno de cabeça, saudou o coronel Luscombe – ereto, porte militar, binóculo pendurado no pescoço. Como boa autocrata que era, lady Selina chamou o coronel de modo altivo, e em um ou dois minutos, ele já estava ao seu lado.

– Oi, Selina, o que a traz à cidade?

– Dentista – respondeu lady Selina, sem pronunciar direito a palavra por causa de um *muffin* que mastigava. – E pensei: já que estou aqui, poderia procurar aquele sujeito da Harley Street para dar uma olhada na minha artrite. Você sabe de quem eu estou falando.

Embora Harley Street tivesse centenas de médicos renomados das mais variadas especialidades, Luscombe sabia de quem ela estava falando.

– Adiantou alguma coisa?

– Acho que sim – retrucou lady Selina. – Um sujeito extraordinário. Pegou-me pelo pescoço quando eu menos esperava e o torceu como se fosse um pescoço de galinha – disse, girando o pescoço com cuidado.

– E doeu?

– Era para ter doído, torcendo daquele jeito, mas nem deu tempo. – Ela continuava a mover cuidadosamente o pescoço. – Estou me sentindo ótima agora.

Pela primeira vez em anos consigo olhar por cima do ombro direito.

Para confirmar o que dizia, fez o movimento.

– Mas se não é a velha Jane Marple! – exclamou. – Achei que ela tivesse morrido anos atrás. Parece que está com cem anos.

O coronel Luscombe olhou na direção de Jane Marple, assim ressuscitada, mas sem grande interesse: no Bertram o que não faltava eram "velhotas rechonchudas", como dizia Luscombe.

Lady Selina continuou:

– Aqui é o único lugar de Londres onde se consegue um *muffin* de verdade. Sabe que no ano passado, quando estive nos Estados Unidos, eles serviram uma coisa chamada *muffin*, no café da manhã, que de *muffin* não tinha nada! Era uma espécie de bolo com passas dentro. Por que chamar aquilo de *muffin*?

Lady Selina engoliu o último pedaço amanteigado e olhou em volta, com ar vago. Henry apareceu imediatamente. Não com rapidez ou presteza. Parecia ter se materializado ali de repente.

– A senhora deseja mais alguma coisa? Um bolo, talvez?

– Bolo? – repetiu, pensando na ideia.

– Temos um ótimo bolo de cominho, senhora, eu recomendo.

– Bolo de cominho? Faz *anos* que eu não como esse bolo. É bolo de cominho *de verdade*?

– Sim, senhora. O cozinheiro tem essa receita há anos. A senhora vai gostar, tenho certeza.

Henry olhou para um de seus ajudantes, e o rapaz foi correndo atrás do bolo de cominho.

– Soube que esteve em Newbury, Derek.

– Estive. Um frio maldito. Nem esperei os dois últimos páreos. Foi um dia desastroso. Aquela potranca do Harry não vale nada.

– Já imaginava. E Swanhilda?

– Terminou em quarto. – Luscombe levantou-se. – Preciso fazer minha reserva.

O coronel atravessou o saguão em direção à recepção. No caminho, reparou nas mesas e em seus ocupantes. Impressionante a quantidade de pessoas que tomavam chá ali. Como nos velhos tempos. Desde a guerra, o chá como refeição tinha saído de moda, mas, evidentemente, esse não era o caso no Bertram. Quem *seriam* todas aquelas pessoas? Dois cônegos e o decano de Chislehampton. Sim, e mais um par de pernas com polainas no canto. Um bispo, com certeza! Simples vigários não havia muitos. "Precisa ser pelo menos cônego para ter condições de frequentar o Bertram", pensou Luscombe. A plebe dos clérigos não poderia se hospedar ali, coitados. A propósito, como é que a velha Selina Hazy conseguia? O que ela recebia por ano era uma ninharia que mal daria para se sustentar. E havia outras velhas, como lady Berry, a sra. Posselthwaite, de Somerset, e Sybil Kerr – todas pobres como ratos de igreja.

Ainda pensando nisso, o coronel chegou ao balcão da recepção, onde foi gentilmente cumprimentado pela srta. Gorringe, a recepcionista. A srta. Gorringe era uma antiga amiga. Conhecia todos os hóspedes e, como os membros da realeza, jamais esquecia um rosto. Tinha um ar meio desalinhado, mas respeitável. Cabelos loiros encaracolados (sugerindo o uso de antiquados ferros de frisar), vestido preto de seda, um busto elevado sobre o qual repousavam um medalhão dourado e um broche de camafeu.

– Número catorze – disse a srta. Gorringe. – Acho que o senhor ficou no catorze da última vez e gostou, coronel Luscombe. É bem tranquilo.

– Não sei como consegue se lembrar dessas coisas, srta. Gorringe.

– Queremos que nossos velhos amigos tenham conforto.

– Vir aqui é como voltar a um passado distante. Parece que nada mudou.

Interrompeu-se ao ver o sr. Humfries, que saiu de seu gabinete para cumprimentá-lo.

Os novos hóspedes muitas vezes confundiam o sr. Humfries com o próprio sr. Bertram. Quem era o verdadeiro Bertram, ou, aliás, se existira realmente um sr. Bertram, eram perguntas que agora se perdiam nas brumas do tempo. O Hotel Bertram existia desde 1840, aproximadamente, mas ninguém se preocupava em pesquisar sua história. O importante é que ele estava lá. Quando o tratavam de sr. Bertram, porém, o sr. Humfries jamais corrigia o engano. Se queriam que ele fosse o sr. Bertram, ele seria o sr. Bertram. O coronel Luscombe sabia seu nome, embora não soubesse se ele era o gerente ou o dono do hotel. Achava que era o dono.

O sr. Humfries devia ter uns cinquenta anos. Muito educado, com a postura de um ministro sem pasta, podia, a qualquer momento, ser o que quisesse para cada pessoa. Tinha capacidade para conversar sobre corrida, críquete, política externa, contar anedotas sobre a família real, dar informações sobre a exposição de automóveis, sabia quais eram as peças interessantes que estavam em cartaz, dava conselhos sobre os locais que os americanos de passagem deviam visitar na Inglaterra. Sabia informar bons lugares para jantar, dependendo do gosto e da renda do interessado. Apesar disso, não se barateava.

Nem sempre estava acessível. A srta. Gorringe tinha as mesmas informações nas pontas dos dedos e podia oferecê-las com a mesma eficiência. O sr. Humfries aparecia em breves intervalos, como o sol, favorecendo com sua atenção um ou outro privilegiado.

Dessa vez era o coronel Luscombe que foi honrado. Os dois trocaram algumas palavras sobre corrida, mas o coronel Luscombe continuava absorto em seu problema. E ali estava o homem que poderia lhe dar a resposta que procurava.

– Diga-me uma coisa, Humfries, como é que todas essas velhas conseguem se hospedar aqui?

– Ah, o senhor está intrigado com isso? – perguntou o sr. Humfries, parecendo interessado na questão. – Bem, a resposta é simples. Elas não teriam como pagar. A menos...

Fez uma pausa.

– A menos que vocês façam preços especiais para elas. É isso?

– Mais ou menos. De um modo geral, elas não percebem que os preços são especiais. Ou, se percebem, pensam que é porque elas são clientes antigas.

– E não é verdade?

– Bem, coronel Luscombe, eu administro um hotel. Não posso me dar ao luxo de perder dinheiro.

– Mas como vocês têm lucro dessa forma?

– É uma questão de atmosfera... Os estrangeiros que vêm à Inglaterra, principalmente os americanos, que são os que dispõem de dinheiro para gastar, têm lá suas ideias sobre a vida inglesa. Não estou falando dos empresários magnatas que vivem atravessando o Atlântico. Esses costumam ir para o Savoy ou o Dorchester. Querem decoração moderna, comida americana, tudo que os faça se sentir em casa. Mas há muita gente que viaja para o exterior uma vez ou outra, esperando que a Inglaterra seja... bem, não digo a Inglaterra de Dickens, mas eles leram *Cranford* e Henry James e não querem encontrar uma Inglaterra igual ao país deles! Esses visitantes, então, voltam para casa e dizem: "Existe um lugar maravilhoso em Londres. Chama-se Hotel Bertram. É como voltar cem anos no tempo e encontrar a Inglaterra de antigamente! E os hóspedes! Pessoas que não encontraríamos em nenhum outro lugar. Velhas duquesas magníficas. Servem os pratos ingleses tradicionais, como um maravilhoso bolo de carne picadinha! Você nunca comeu nada igual. E os bifes de alcatra, enormes, além dos lombos de carneiro, o tradicional chá inglês e o café da manhã típico. Delicioso. Isso sem falar de todo o resto. O lugar é superconfortável. E quente. Tem uma lareira esplêndida".

O sr. Humfries parou a imitação e esboçou um sorriso.

– Compreendo – disse Luscombe, pensativo. – Esse pessoal, os aristocratas decadentes, os membros empobrecidos da velha nobreza, funcionam praticamente como uma *mise-en-scène*?

O sr. Humfries afirmou com a cabeça.

– O que me intriga é que ninguém tenha pensado nisso. É verdade que já peguei o Bertram pronto, por assim dizer. Só faltava uma boa restauração. Todos os nossos hóspedes acham que o Bertram é um lugar que eles descobriram sozinhos, que ninguém mais conhece.

– A restauração deve ter sido caríssima, creio eu – comentou Luscombe.

– Sim. O hotel precisava parecer eduardiano, mas oferecer também todo o conforto dos hotéis atuais. Nossas velhotas, se me permite chamá-las assim, precisam sentir que nada mudou desde a virada do século, e nossos clientes estrangeiros devem sentir que voltaram no tempo e, ao mesmo tempo, que dispõem do que eles têm em casa, que lhes é imprescindível!

– Difícil, não? – insinuou Luscombe.

– Não. Por exemplo, o aquecimento central. Os americanos exigem, aliás, *necessitam* de pelo menos dez graus a mais do que os ingleses. Na verdade, temos dois tipos de quartos diferentes. Colocamos os ingleses num e os americanos noutro. Os quartos são todos parecidos, mas na realidade são bem diferentes. Há barbeadores elétricos, chuveiros e banheiras em alguns banheiros, e café da manhã americano para quem quiser. Cereais, suco de laranja etc. Se o sujeito preferir, ele pode tomar o café da manhã inglês.

– Ovos com bacon?

– Sim, e muito mais se a pessoa quiser. Arenque defumado, rins, faisão frio, presunto de York, geleia de Oxford.

– Preciso me lembrar de tudo isso amanhã de manhã. Não temos mais nada disso em casa.

Humfries riu.

– A maioria dos homens pede apenas ovos com bacon. Já deixaram de pensar nas coisas como eram antes.

– É verdade... Lembro-me de quando era criança... Os aparadores faziam barulho com o peso dos pratos quentes. Vivíamos com muito luxo.

– Procuramos dar aos clientes tudo o que eles pedem.

– Inclusive bolo de cominho e *muffins*... Sim, compreendo. A cada um, de acordo com a sua necessidade. Entendo. Bem marxista.

– Perdão?

– Nada. Só um pensamento. Os extremos se encontram.

O coronel Luscombe afastou-se, levando a chave que a srta. Gorringe lhe dera. Um dos jovens empregados conduziu-o até o elevador. De passagem, o coronel viu que lady Selina Hazy estava agora sentada ao lado de sua amiga Jane Não-Sei-de-Quê.

Capítulo 2

— E suponho que você ainda esteja morando naquela simpática St. Mary Mead — comentou lady Selina, em tom de pergunta. — Uma aldeia praticamente inalterada. Muitas vezes me lembro de lá. Imagino que continua a mesma coisa, não?

— Na verdade, não muito. — Miss Marple refletia sobre certos aspectos de seu local de residência. O novo quarteirão dos edifícios. Os acréscimos ao prédio da Prefeitura, as modificações na rua principal, com as fachadas modernas das lojas... Miss Marple suspirou. — Acho que precisamos aceitar as mudanças.

— O progresso — disse lady Selina, vagamente. — Embora muitas vezes isso não me pareça progresso. Todas essas instalações sanitárias vistosas que eles têm hoje em dia. Todas aquelas cores, e o "acabamento de primeira", como dizem. Mas será que realmente funcionam quando a gente *puxa* a descarga? Ou *aperta*, que algumas são de apertar. Toda vez que visitamos a casa de um amigo, encontramos aqueles cartazes no banheiro: "Aperte com força e solte", "Puxe para a *esquerda*", "Solte *rápido*". Antigamente, a gente dava descarga *de qualquer maneira*, e *imediatamente* saíam cataratas de água... Lá está nosso querido bispo de Medmenham — lady Selina interrompeu-se para dizer, vendo passar um clérigo idoso e charmoso. — Acho que está praticamente cego. Mas que padre maravilhoso! Um *militante*.

As duas entregaram-se, então, a uma ligeira conversa sobre o tema clerical, interrompida de vez em quando por lady Selina, que estava sempre reconhecendo amigos e conhecidos, muitos dos quais não eram as pessoas que ela supunha que fossem. Ela e Miss Marple conversaram um pouco sobre "os velhos tempos", embora a criação de Miss Marple, evidentemente, tivesse sido muito diferente da de lady Selina. As reminiscências de ambas limitavam-se, de um modo geral, aos poucos anos em que lady Selina, viúva recente e em difícil situação financeira, alugara uma pequena casa na aldeia de St. Mary Mead durante o período em que o segundo filho trabalhava num aeroporto próximo.

– Você sempre fica aqui quando vem à cidade, Jane? Estranho a gente não ter se encontrado antes.

– Não. Não tenho como me hospedar aqui por causa do preço. Além disso, quase não saio de casa ultimamente. Foi uma sobrinha minha, muito carinhosa, que achou que me faria bem vir a Londres. Joan é uma graça de menina... Bem, menina é modo de dizer. – Miss Marple chegou à conclusão, para seu grande espanto, que Joan já devia estar perto dos cinquenta. – É artista, sabia? Uma pintora bem conhecida. Joan West. Fez uma exposição há pouco tempo.

Lady Selina não se interessava muito por pintores, nem por qualquer outra atividade artística. Considerava escritores, pintores e músicos como uma espécie de animais de circo. Gostaria de se mostrar indulgente em relação a eles, mas, secretamente, se perguntava por que eles faziam aquilo.

– Coisa moderna, imagino – disse, olhando ao redor. – Olhe ali. Cicely Longhurst. Pintou o cabelo de novo, pelo visto.

– Sim, admito que minha querida Joan é um tanto modernista.

Nesse ponto Miss Marple estava totalmente enganada. Joan West havia sido modernista há cerca de vinte anos, mas agora era considerada ultrapassada pelos artistas de vanguarda.

Lançando um rápido olhar para o cabelo de Cicely Longhurst, Miss Marple lembrou com carinho da amabilidade de Joan. Na verdade, Joan dissera ao marido:

– Coitadinha da tia Jane. Queria poder fazer alguma coisa por ela. Ela nunca sai de casa. Você acha que ela gostaria de passar uma ou duas semanas em Bournemouth?

– Acho – concordou Raymond West. Seu último livro estava vendendo muito bem, e ele entrou num clima de generosidade.

– Acho que ela gostou muito da viagem que fez ao Caribe. Pena que acabou se envolvendo naquele caso de assassinato. Não é o tipo de coisa para a idade dela.

– E essas coisas estão sempre acontecendo com ela.

Raymond gostava muito de sua tia. Estava sempre procurando agradá-la e mandando livros que pudessem lhe interessar. Ficava surpreso quando ela, com frequência, recusava delicadamente as ofertas. Embora ela declarasse sempre que os livros eram "interessantíssimos", Raymond desconfiava que ela não os lesse. Talvez seus olhos estivessem cansados. É natural.

Mas aí é que ele se enganava. Miss Marple tinha a visão invejável para a sua idade, e no momento examinava tudo o que acontecia à sua volta com grande prazer e interesse.

Frente à ideia de uma ou duas semanas num dos melhores hotéis de Bournemouth, Miss Marple hesitara, murmurando:

– É muita bondade sua, minha querida, mas não acho...

– Vai ser *bom* para a senhora, tia Jane. É bom sair de casa de vez em quando, dar uma arejada. Traz ideias novas e distrai.

– Ah, sim, nisso você tem razão. Sim, eu gostaria de dar um passeio, para variar. Mas talvez não em Bournemouth.

Joan ficou surpresa. Pensava que Bournemouth fosse a Meca de Miss Marple.

– Que tal Eastbourne? Ou, quem sabe, Torquay?
– O que realmente gostaria... – Miss Marple hesitou.
– Sim?
– Talvez você pense que é besteira minha.
– Não vou pensar nada. (Para *onde* ela queria ir?)
– Eu gostaria de ir para o Hotel Bertram, em Londres.
– Hotel Bertram? – o nome lhe soava familiar.

Então, Miss Marple desandou a falar:

– Fiquei hospedada lá uma vez... quando tinha catorze anos. Com meu tio e minha tia, tio Thomas, que era cônego de Ely. Nunca me esqueci. Se eu pudesse ir para lá... uma semana está bom... duas semanas pode sair caro demais.

– Não tem problema. É claro que pode ir. Eu devia ter imaginado que a senhora gostaria de ir a Londres, pelas lojas e todo o resto. Vamos acertar tudo, se o Hotel Bertram ainda existir. Tantos hotéis desapareceram! Alguns foram bombardeados durante a guerra, outros fecharam.

– Não. Fiquei sabendo que o Hotel Bertram ainda está funcionando. Recebi uma carta de lá, de uma amiga americana, Amy McAllister. De Boston. Ela e o marido se hospedaram no Bertram.

– Ótimo. Então vou resolver as coisas. – E acrescentou com delicadeza: – Só receio que a senhora ache o lugar muito mudado em relação ao que era quando o conheceu. Não vá ficar decepcionada.

Mas o Hotel Bertram não mudara. Estava igualzinho. Um milagre, dizia Miss Marple. Aliás, ela pensava...

Na verdade, parecia bom demais para ser verdade. Miss Marple sabia muito bem, graças à sua sensatez e inteligência, que o seu desejo era apenas reavivar as lembranças do passado nas velhas cores originais. Por força das circunstâncias, passava grande parte de sua vida recordando alegrias passadas. E se houvesse alguém com quem rememorar, que felicidade! Mas isso não era fácil de conseguir. Miss Marple enterrara a maioria de seus contemporâneos. Mesmo assim, gostava de lembrar. Curiosamente, aquilo a fazia reviver – Jane Marple, a moça de branco e rosa, tão irrequieta... tão bobinha em muitos aspectos... Como é que se chamava aquele pilantra? Meu Deus, não conseguia lembrar! Sensata foi sua mãe, que resolveu arrancar aquela amizade pela raiz. Anos depois, voltou a encontrá-lo, e, realmente, o sujeito era detestável. Mas na época havia chorado por uma semana pelo crápula!

"Hoje em dia, claro", Miss Marple começou a pensar nos dias atuais, "coitadas das meninas. Algumas tinham mãe, mas parece que elas não serviam para nada, incapazes de proteger suas filhas contra paixonites agudas, filhos ilegítimos e casamentos precoces e infelizes. Tudo muito triste."

A voz da amiga interrompeu suas meditações.

– Eu nunca pintei... É sim... É a Bess Sedgwick ali! Tanto lugar para ir...

Miss Marple escutava só com um ouvido os comentários de lady Selina sobre os presentes. Ambas frequentavam círculos totalmente diferentes, e por isso Miss Marple não tinha como partilhar das fofocas escandalosas a respeito dos diversos amigos e conhecidos que lady Selina reconhecia ou julgava reconhecer.

Mas Bess Sedgwick era diferente. Bess Sedgwick era um nome conhecido em quase toda a Inglaterra. Há mais de trinta anos que a imprensa noticiava uma ou outra excentricidade de Bess Sedgwick. Durante grande parte da guerra, fizera parte da Resistência Francesa, e dizem que sua arma tinha seis entalhes, uma para cada alemão morto. Anos antes, atravessara o Atlântico sozinha, cruzara a Europa a cavalo, chegando até o Lago Van. Pilotara carros de corrida, chegara a salvar duas crianças de uma casa em chamas, tinha vários casamentos a seu crédito (e descrédito) e havia sido considerada a segunda mulher mais bem-vestida da Europa. Dizia-se também que conseguira embarcar clandestinamente num submarino nuclear na viagem de teste.

Foi, portanto, com o mais intenso interesse que Miss Marple endireitou-se na cadeira para observá-la.

Se havia algo que Miss Marple não esperava no Hotel Bertram era encontrar Bess Sedgwick. Uma boate mais cara ou um bar de beira de estrada – qualquer desses lugares estaria no largo âmbito de interesses de Bess Sedgwick. Mas aquela hospedaria respeitável e antiga parecia estranhamente imprópria.

E, todavia, ela estava ali, não havia como negar. Dificilmente se passava um mês sem que o rosto de Bess Sedgwick aparecesse em revistas de moda ou na imprensa popular. E agora ela estava ali, em carne e osso, fumando um cigarro com impaciência e olhando, surpresa, para a grande bandeja de chá na sua frente, como se nunca tivesse visto uma bandeja na vida. Havia pedido... Miss Marple apertou os olhos para ver... estava um pouco longe... sim, *rosquinhas*. Interessante.

Enquanto Miss Marple a observava, Bess Sedgwick apagou o cigarro no pires, pegou uma rosquinha e deu uma mordida, fazendo escorrer a espessa geleia de morango pelo queixo. Bess atirou a cabeça para trás e deu uma risada, uma das risadas mais altas e alegres que já se ouviram no saguão do Hotel Bertram.

Henry acorreu prontamente, oferecendo-lhe um pequeno e delicado guardanapo. Bess aceitou e esfregou o queixo com o vigor de uma colegial, exclamando:

– Isso é que eu chamo de rosquinha. Deliciosa!

Largou o guardanapo na bandeja e levantou-se. Como sempre, atraía todos os olhares, mas já estava acostumada com isso. Talvez gostasse, talvez nem percebesse mais. Era realmente uma mulher digna de se olhar – mais vistosa do que bela. O cabelo platinado liso e escorrido até os ombros; o formato da cabeça e do rosto, perfeito; o nariz levemente aquilino, os olhos fundos e cinzentos, e a boca larga de uma comediante. O vestido que usava era tão simples que intrigava a maioria dos homens. Parecia feito de pano barato, sem nenhum adorno e nenhuma costura ou fecho aparente. Mas as mulheres não se deixavam enganar. Até as velhas mais provincianas do Bertram sabiam que um vestido daqueles custava uma fortuna!

Atravessando o saguão em direção ao elevador, Bess Sedgwick passou bem perto de lady Selina e de Miss Marple, cumprimentando a primeira.

– Olá, lady Selina. Quanto tempo! Não a vejo desde o Crufts. Como vão os Borzois?

– O que você está fazendo aqui, Bess?

– Estou hospedada. Vim de carro de Land's End. Quatro horas e quarenta e cinco minutos. Nada mal.

– Você vai acabar se matando desse jeito. Ou matando alguém.

– Oh, espero que não.

– Mas por que você está hospedada *aqui*?

Bess Sedgwick olhou em volta, parecia perceber o que lady Selina queria dizer, e recebeu a pergunta com um sorriso irônico.

– Uma pessoa me recomendou. Disse que eu ia adorar. E tinha razão. Acabei de comer a rosquinha mais maravilhosa deste mundo.

– E eles também têm *muffins*, minha cara.

– *Muffins* – disse lady Sedgwick, pensativa. – Sim... – Parecia fazer uma concessão. – *Muffins*!

Fez um cumprimento com a cabeça e seguiu para o elevador.

– Menina extraordinária – comentou lady Selina. Para ela, assim como para Miss Marple, toda mulher com menos de sessenta anos era menina. – Conheço-a desde que ela era pequena. Ninguém podia com ela. Fugiu com um irlandês aos dezesseis anos de idade. Conseguiram trazê-la de volta a tempo... ou talvez não a tempo. De qualquer maneira, subornaram o sujeito e casaram-na com o velho Coniston, trinta anos mais velho, libertino e doido por ela. Não durou muito. Bess foi embora com Johnnie Sedgwick. *Esse* relacionamento poderia ter durado, se ele não tivesse quebrado o pescoço numa corrida de cavalos. Bess, então, casou-se com Ridgway Becker, americano e dono de um iate. Eles se separaram há três anos. Parece que ela teve um caso com um piloto de corrida, um polonês, acho. Não sei se eles se casaram ou não. Depois do divórcio com o americano, ela voltou a usar o sobrenome Sedgwick. Bess anda com muita gente estranha. Dizem que ela usa drogas, mas não tenho certeza.

– A gente fica se perguntando se ela é feliz – comentou Miss Marple.

Lady Selina, que evidentemente jamais se perguntara nada, olhou para ela, surpresa.

– Ela deve ter uma fortuna. Pensão alimentícia e essas coisas. Claro que isso não é tudo...

– Não mesmo.

– E tem sempre um homem, ou vários, atrás dela.
– É?
– Evidentemente, quando algumas mulheres chegam nessa idade, só querem isso... Mas de qualquer maneira...

Fez uma pausa.

– Não – disse Miss Marple. – Eu também acho que não.

Algumas pessoas ririam diante de um pronunciamento desses, vindo de uma senhora antiquada, que dificilmente seria tomada por uma autoridade em ninfomania. E Miss Marple jamais falaria desse jeito. Diria, talvez: "Muito chegada à companhia masculina". Mas lady Selina recebeu a opinião de Miss Marple como uma confirmação da sua e acrescentou:

– Sempre houve um monte de homens na vida dela.
– Sim, mas você não acha que esses homens representam mais uma aventura do que uma necessidade para ela?

Além disso, perguntava-se Miss Marple, será que alguma mulher se hospedaria no Hotel Bertram só para ter um encontro amoroso? O Bertram certamente não era lugar para isso. Mas talvez uma mulher do tipo de Bess Sedgwick escolhesse o Bertram justamente por esse motivo.

Miss Marple suspirou, ergueu os olhos para o belo relógio de pêndulo que marcava as horas num canto e levantou-se, com a cautela característica dos reumáticos. Dirigiu-se lentamente para o elevador. Lady Selina olhou em volta e avançou na direção de um cavalheiro idoso, de porte militar, que lia o *Spectator*.

– Que prazer reencontrá-lo! General Arlington, não?

Com muita delicadeza, o cavalheiro negou ser o general Arlington. Lady Selina se desculpou, mas não se abalou muito. Combinava miopia com otimismo, e, como seu maior prazer era encontrar velhos amigos e conhecidos, vivia cometendo esse tipo de erro. O mesmo aconteceu com diversas pessoas ali, pois a iluminação era bastante tênue por conta dos abajures. Mas ninguém se ofendia. Na verdade, parecia até que gostavam.

Miss Marple sorria enquanto esperava o elevador. Selina não mudava! Sempre convencida de que conhecia todo mundo. Ela, Miss Marple, não era nem páreo. Sua única realização nessa área havia sido a identificação do charmoso bispo de Westchester, a quem chamara carinhosamente de "querido Robbie" e que lhe respondera com igual afeição e com lembranças da infância numa casa paroquial de Hampshire, quando dissera: "Agora você vai ser um jacaré, titia Jane, e me devorar".

O elevador chegou, e o ascensorista de meia-idade, uniformizado, abriu a porta. Para completa surpresa de Miss Marple, a passageiro que descia era Bess Sedgwick, a quem vira subir apenas um ou dois minutos antes.

E então, no meio do passo, Bess Sedgwick parou de repente, tão de repente que espantou Miss Marple e quase a fez tropeçar. Bess Sedgwick olhava por cima do ombro de Miss Marple com tanta concentração que a velha senhora virou a cabeça.

O porteiro acabara de abrir as duas portas de vaivém da entrada e segurava-as para dar passagem a duas mulheres, que adentraram o saguão. Uma delas era uma senhora de meia-idade de ar exigente, com um lamentável chapéu roxo florido, e a outra era uma menina alta, vestida com uma elegância discreta, devendo ter uns dezessete, dezoito anos, de cabelos longos e lisos.

Bess Sedgwick se recompôs, deu uma meia-volta abrupta e voltou para o elevador. Vendo que Miss Marple entrava também, aproveitou para desculpar-se.

– Desculpe. Quase esbarrei na senhora. – Tinha uma voz cálida e amigável. – Mas me lembrei que me esqueci de uma coisa. Parece estranho, mas não é.

– Segundo andar – anunciou o ascensorista. Miss Marple sorriu, aceitando as desculpas, saiu do elevador e caminhou lentamente em direção ao quarto, revolvendo na cabeça diversos pequenos problemas sem importância, como era seu costume.

Por exemplo, o que lady Sedgwick havia acabado de dizer era mentira. Ela mal subira ao quarto quando "lembrou que tinha se esquecido de uma coisa" (se é que havia alguma verdade nessa declaração) e teve que descer para ir atrás dessa coisa. Ou será que ela descera para procurar ou se encontrar com alguém? Mas, nesse caso, o que ela vira ao abrir a porta do elevador a assustara e abalara, fazendo-a voltar imediatamente para o elevador e subir. Assim, não se encontraria com a pessoa que acabara de ver.

Deviam ser as duas recém-chegadas. A senhora de meia-idade e a menina. Mãe e filha? Não, pensou Miss Marple, mãe e filha *não*.

Mesmo no Bertram, pensou alegremente Miss Marple, podem acontecer coisas interessantes...

Capítulo 3

– É... O coronel Luscombe está...?

Era a mulher de chapéu roxo no balcão da recepção. A srta. Gorringe sorriu, receptiva, e um funcionário que estava à disposição foi imediatamente despachado, mas não precisou ir muito longe, pois o coronel Luscombe apareceu na sala nesse momento e veio até onde eles estavam.

– Como vai, sra. Carpenter? – Ele apertou a mão dela, educadamente, e virou-se para a moça: – Minha querida Elvira. – Pegou-lhe as mãos, de maneira afetuosa. – Que maravilha! Esplêndido! Vamos nos sentar. – Conduziu-as para as poltronas e as acomodou. – Que maravilha! – repetiu. – Esplêndido.

Era visível o esforço que fazia, assim como a falta de naturalidade. Não podia dizer "que maravilha" a vida toda, e as duas não ajudavam. Elvira sorria docemente. A sra. Carpenter deu uma risadinha sem sentido, alisando as luvas.

– Fizeram boa viagem?

– Sim, obrigada – respondeu Elvira.

– Não teve nevoeiro?

– Oh, não.

– Nosso voo estava cinco minutos adiantado – disse a sra. Carpenter.

– Sim, sim. Bom. Muito bom – falou o coronel Luscombe. – Espero que gostem do hotel.

– Oh, tenho certeza de que é ótimo – comentou a sra. Carpenter com entusiasmo, olhando em volta. – Parece muito confortável.

– Bem antiquado – disse o coronel, como que se desculpando. – Cheio de gente velha. Sem danças, nem nada parecido.

– Imagino – disse Elvira, olhando em volta de modo inexpressivo. De fato, era difícil relacionar o Bertram com dança.

– Um hotel cheio de gente velha – repetiu o coronel Luscombe. – Deveria ter levado vocês para um lugar mais moderno, talvez. Não sou muito entendido dessas coisas.

– Aqui está ótimo – disse Elvira, delicadamente.

– São só duas noites – continuou o coronel Luscombe. – Imaginei que vocês desejariam ir ao teatro hoje à noite. Escolhi uma peça. Um musical – pronunciou a palavra meio em dúvida, como se não soubesse se estava utilizando o termo certo. – *Let Down Your Hair Girls*. O que vocês acham?

– Acho ótimo – exclamou a sra. Carpenter. – Vai ser um prazer, não é, Elvira?

– Certamente – respondeu Elvira, de maneira seca.

– E que tal um jantar no Savoy depois?

Novas exclamações da parte da sra. Carpenter. O coronel Luscombe, lançando um olhar furtivo a Elvira, animou-se. Ela devia estar satisfeita, pensava ele, embora determinada a demonstrar somente uma polida aprovação na presença da sra. Carpenter. "E eu não a culpo por isso", disse consigo.

Em seguida, dirigiu-se à sra. Carpenter:

– Gostariam de ver o quarto de vocês? Ver se está tudo bem...

– Oh, tenho certeza de que vai estar tudo bem.

– Bom, se vocês não gostarem de alguma coisa, podemos dar um jeito. Sou muito conhecido aqui.

A srta. Gorringe, que estava na recepção, acolheu-as com simpatia. Quartos números 28 e 29, com banheiro contíguo.

– Vou subir e abrir as malas – anunciou a sra. Carpenter. – Você pode ficar, Elvira, para bater um papinho com o coronel Luscombe.

Boa estratégia, pensou o coronel Luscombe. Um pouco óbvia, talvez, mas, de qualquer maneira, conveniente, embora não soubesse o que ia conversar com Elvira. Era uma moça muito educada, mas o coronel não estava acostumado com moças. Sua esposa morrera no parto, e a criança, um menino, havia sido criada pela família dela, enquanto uma irmã mais velha veio tomar conta da casa. Seu filho se casou e foi morar no Quênia. Os netos tinham onze, cinco e dois anos e meio agora e haviam se divertido muito na última visita, com jogos de futebol e conversas sobre ciência espacial, trens elétricos e cavalgadas na perna do avô. Fácil! Mas uma moça!

O coronel Luscombe perguntou a Elvira se ela aceitava uma bebida. Ia propor uma soda de limão, uma gengibirra ou uma laranjada, mas Elvira se antecipou:

– Obrigada. Gostaria de um gim e vermute.

O coronel olhou-a com desconfiança. Imaginava que meninas – quantos anos ela teria? Dezesseis? Dezessete? – não bebessem gim e vermute. Mas tranquilizou-se supondo que Elvira saberia o que é certo e o que não é, socialmente. Pediu um gim com vermute e um xerez seco.

Limpou a garganta, pigarreando, e perguntou:

– Como foi na Itália?

– Foi ótimo, obrigada.

– E esse lugar onde você ficou, a tal Contessa... como é mesmo o nome dela? Não era rigorosa demais, não?

– Sim, ela é bem severa. Mas não deixei que isso me atrapalhasse.

O coronel olhou para Elvira sem saber direito se a resposta dela era ambígua.

– Lamento que não nos conheçamos tão bem quanto deveríamos – disse o coronel Luscombe, gaguejando um pouco, mas com mais naturalidade do que antes – uma vez que, além de seu tutor, sou seu padrinho. É difícil para mim, sabe? Difícil para um sujeito velho como eu saber o que uma moça deseja... pelo menos... quer dizer, saber o que é bom para uma moça. Escola e depois a escola de aperfeiçoamento, como se dizia na minha época. Mas agora, acho que tudo é mais sério. Carreira, emprego, todas essas coisas. Precisamos conversar sobre isso um dia. Você deseja fazer alguma coisa específica?

– Acho que vou fazer um curso de secretariado – disse Elvira, sem entusiasmo.

– Ah, você quer ser secretária?

– Não faço questão.

– Mas então...

– É só para começar – explicou Elvira.

O coronel Luscombe teve uma estranha sensação de hostilidade por parte dela.

– Esses meus primos, os Melford. Você acha que gostaria de morar com eles? Caso contrário...

– Acho que sim. Gosto bastante da Nancy. E a prima Mildred é uma graça.

– Combinado, então?

– Sim. Pelo menos por enquanto.

Luscombe não sabia o que dizer. Enquanto pensava, Elvira falou. Suas palavras foram simples e diretas.

– Há algum dinheiro para mim?

Novamente, o coronel Luscombe demorou um tempo para responder, olhando pensativo para Elvira.

– Sim. Há bastante dinheiro. Mas você só vai receber quando fizer 21 anos.

– Com quem ele está agora?

O coronel sorriu.

— Está guardado no banco. Uma certa quantia é deduzida todo ano para pagar a taxa de manutenção e sua educação.

— E o senhor não é o responsável?

— Um dos responsáveis. Somos três.

— O que acontece se eu morrer?

— Pare com isso, Elvira. Você não vai morrer! Que ideia!

— Espero que não, mas nunca se sabe, não é? Na semana passada caiu um avião, e todo mundo morreu.

— Bom, isso não vai acontecer com você – disse Luscombe, com firmeza.

— O senhor não tem como saber – insistiu Elvira. – Fiquei curiosa, pensando em quem herdaria meu dinheiro se eu morresse.

— Não tenho a mínima ideia – exclamou o coronel, irritado. – Mas por que você está me perguntando isso?

— É um assunto interessante – respondeu Elvira, pensativa. – Fico me perguntando se alguém ganharia alguma coisa com a minha morte.

— Francamente, Elvira. Esta conversa não leva a lugar nenhum. Não sei por que você pensa nessas coisas.

— São só divagações. Para conhecer os fatos.

— Você não está pensando na máfia, não é?

— Claro que não. Mas me pergunto quem ficaria com o meu dinheiro se eu fosse casada.

— Seu marido, suponho. Mas realmente...

— O senhor tem certeza?

— Não, não tenho certeza de nada. Depende do que foi estipulado no fideicomisso. Mas você não é casada. Por que se preocupar com isso?

Elvira não respondeu. Parecia imersa em pensamentos. Finalmente, saiu do transe e perguntou:

— O senhor vê muito a minha mãe?

– Às vezes. Não muito.
– Onde ela está agora?
– Viajando.
– Viajando aonde?
– França... Portugal. Não sei direito.
– Ela nunca teve vontade de me ver?

O olhar límpido de Elvira cruzou o de Luscombe. Ele não sabia o que responder. Seria a hora de dizer a verdade? Ou melhor responder vagamente? Talvez uma boa mentira? O que dizer para uma menina que faz uma pergunta tão simples quando a resposta é tão complexa?

– Não sei – respondeu o coronel, desconsolado.

Os olhos dela o examinaram seriamente. Luscombe ficou constrangido. Estava estragando tudo. A menina deveria estar imaginando coisas. Com certeza estava. Qualquer menina estaria.

– Você não deve pensar... – começou o coronel Luscombe – Quer dizer, é difícil explicar. Sua mãe é bem diferente de...

Elvira afirmava com a cabeça.

– Eu sei – disse, energeticamente. – Sempre leio sobre ela nos jornais. É uma pessoa meio especial, não é? Na verdade, é uma pessoa maravilhosa.

– Sim – concordou o coronel. – É mesmo. Uma pessoa maravilhosa. – Fez uma pausa e continuou: – Mas uma pessoa maravilhosa muitas vezes... – Parou e começou de novo: – Nem sempre é bom ter uma pessoa maravilhosa como mãe. Me escute, é verdade.

– O senhor não gosta muito de dizer a verdade, não é? Mas acho que o que acabou de dizer é verdade mesmo.

Os dois ficaram olhando para as grandes portas de vaivém, feitas de latão, que os separava do mundo lá fora.

De repente, as portas se abriram com violência – uma violência inusitada no Hotel Bertram –, e um rapaz entrou, dirigindo-se à recepção. Vestia uma jaqueta de couro preta. Sua vitalidade era tanta que, em comparação, o Bertram parecia um museu. As pessoas eram apenas relíquias empoeiradas de outra era.

– Lady Sedgwick está hospedada aqui? – perguntou, inclinando-se para a srta. Gorringe.

A srta. Gorringe não sorria como de costume.

– Sim – respondeu, com o olhar duro. Em seguida, com visível má vontade, estendeu a mão para o telefone. – O senhor deseja...

– Não – disse o rapaz. – Quero só deixar um bilhete para ela.

Tirou o bilhete do bolso da jaqueta e o colocou sobre o balcão de mogno.

– Só queria saber se era este mesmo hotel.

Havia uma certa incredulidade na voz dele. Dirigiu-se para a entrada, olhando em volta. Seus olhos passaram indiferentes pelas pessoas sentadas. Passaram por Luscombe e Elvira, e Luscombe sentiu uma raiva inesperada. "Caramba!", pensava. "Elvira é uma moça bonita. Na minha juventude, eu teria reparado numa menina bonita dessas, principalmente no meio de todos esses fósseis." Mas o rapaz não parecia interessado em moças bonitas no momento. Virou-se para a recepção e perguntou, levantando ligeiramente a voz para chamar a atenção da srta. Gorringe:

– Qual o telefone daqui? 1129, não?

– Não – respondeu a srta. Gorringe. – 3925.

– Regent?

– Não. Mayfair.

O rapaz agradeceu com um gesto de cabeça. Depois, caminhou rapidamente para a porta e saiu, abanando as duas portas atrás de si com a mesma característica explosiva de quando entrara.

Todo mundo parecia atônito, com dificuldade para retomar a conversa interrompida.

– Bem – disse o coronel Luscombe meio sem graça, como se lhe faltassem palavras. – Francamente! Esses rapazes de hoje...

Elvira sorria.

– O senhor o reconheceu, não? – perguntou. – Sabe quem ele é? Ladislaus Malinowski! – Informou em tom de admiração.

– Ah, sei. – O nome realmente era familiar ao coronel Luscombe. – Piloto de automóvel.

– Sim. Campeão mundial por dois anos seguidos. Sofreu um acidente grave há um ano. Quebrou o corpo todo. Mas acho que ele já voltou a correr. – Ergueu a cabeça para escutar. – Está dirigindo um carro de corrida agora.

O ronco do motor vindo da rua penetrara no Hotel Bertram. O coronel Luscombe percebeu que Ladislaus Malinowski era um dos heróis de Elvira. "Bem", pensou ele, "melhor do que um desses cantores pop, *crooners* ou Beatles cabeludos, sei lá como chamam". Luscombe era antiquado em relação a isso.

As portas de vaivém abriram-se de novo. Elvira e o coronel Luscombe olharam para a entrada com apreensão, mas o Hotel Bertram havia voltado ao normal. Era apenas um clérigo idoso, de cabelos brancos, que entrava. Ficou um tempo olhando ao redor, intrigado, como se não soubesse onde estava e como havia chegado ali. Essa experiência não era novidade para o cônego Pennyfather. Acontecia-lhe em trens, quando de repente não se lembrava de onde viera, para onde estava indo e nem o motivo! Acontecia-lhe quando caminhava na rua, acontecia-lhe sentado à mesa de um comitê. Já lhe acontecera na poltrona da catedral, de não saber se já dera o sermão ou não.

– Acho que conheço esse velho – disse Luscombe, reparando no cônego. – Quem é mesmo? Creio que se hospeda com frequência aqui. Abercrombie? Arcediago Abercrombie? Não, não é Abercrombie, embora se pareça bastante com ele.

Elvira olhou sem interesse para o cônego Pennyfather. Em comparação com um piloto de automóvel, não tinha graça nenhuma. Elvira não se interessava por nenhum tipo de padre, embora, desde que chegara à Itália, admitisse ter uma certa admiração por cardeais, que pelo menos eram pitorescos.

O rosto do cônego iluminou-se, e ele balançou a cabeça, satisfeito. Havia reconhecido o lugar. Estava no Hotel Bertram, claro. Ia passar a noite ali, a caminho de... Para onde estava indo mesmo? Chadminster? Não, não. *Vinha* de Chadminster. Ele estava indo para... Claro! O congresso de Lucerna. Dirigiu-se, entusiasmado, para a recepção, onde foi calorosamente saudado pela srta. Gorringe.

– Que prazer revê-lo, cônego Pennyfather. O senhor está muito bem!

– Obrigado... Obrigado... Tive um resfriado forte na semana passada, mas já passou. A senhorita reservou um quarto para mim? Eu escrevi?

A srta. Gorringe o tranquilizou.

– Sim, cônego Pennyfather. Recebemos sua carta. Reservamos o quarto 19 para o senhor, o mesmo em que esteve da última vez.

– Obrigado... Obrigado... Quero... deixe ver... quero ficar com o quarto por quatro dias. Na verdade, estou indo para Lucerna e vou ficar fora uma noite. Mas, por favor, mantenha o quarto. Quero deixar a maior parte das minhas coisas aqui. Só vou levar uma malinha para a Suíça. Algum problema?

Novamente, a srta. Gorringe o tranquilizou:

– Nenhum problema. O senhor explicou claramente na carta.

Outras pessoas talvez não tivessem usado o termo "claramente". "Completamente" teria sido mais apropriado, devido ao tamanho da carta.

Com todas as inquietações resolvidas, o cônego Pennyfather deu um suspiro de alívio e foi levado, junto com sua bagagem, para o quarto 19.

No quarto 28, a sra. Carpenter tirava a coroa de violetas da cabeça e arrumava cuidadosamente a camisola sobre o travesseiro. Ergueu os olhos quando Elvira entrou.

– Chegou, querida. Quer que eu a ajude a desfazer a mala?

– Não, obrigada – respondeu Elvira, com educação. – Não vou tirar quase nada.

– Que quarto você prefere? O banheiro fica no meio. Eu disse a eles para colocar sua bagagem no quarto mais afastado. Acho que este aqui é um pouco barulhento.

– Muita gentileza sua – disse Elvira, com a voz inexpressiva.

– Tem certeza de que não quer ajuda?

– Sim, obrigada. Não precisa. Acho que vou tomar um banho.

– Ótima ideia. Quer ir primeiro? Vou terminar de arrumar aqui.

Elvira assentiu. Entrou no banheiro contíguo, fechou a porta e a trancou. Foi até seu quarto, abriu a mala e jogou algumas coisas em cima da cama. Em seguida, tirou a roupa, pôs um robe, foi para o banheiro e abriu as torneiras. Voltou ao quarto e sentou-se na cama, perto do telefone. Escutou um momento, para prever interrupções, e levantou o fone:

– Oi, aqui é do quarto 29. Poderia ligar para o Regent 1129?

Capítulo 4

Dentro do recinto da Scotland Yard acontecia uma reunião. Tudo fazia crer que era uma reunião informal. Seis ou sete homens estavam sentados à vontade em volta de uma mesa, e cada um deles era uma autoridade na sua área. O assunto que prendia a atenção desses defensores da lei era uma questão que assumira extrema importância nos últimos dois ou três anos, relacionada a um tipo de crime cujo sucesso justificava a preocupação. O número de roubos em grande escala estava aumentando. Assaltos a bancos, roubos do dinheiro das folhas de pagamento, desvios de joias enviadas pelo correio, assaltos a trens. Quase não se passava um mês sem um grande golpe realizado com pleno êxito.

Sir Ronald Graves, comissário assistente da Scotland Yard, ocupava a ponta da mesa. Como de costume, escutava mais do que falava. Na ocasião, não estavam sendo apresentados relatórios oficiais, como seria da rotina de trabalho do Departamento de Investigações Criminais. Aquela era uma reunião de cúpula, uma troca de ideias entre homens que encaravam o problema sob diferentes pontos de vista. Sir Ronald Graves olhou lentamente para seu pequeno grupo e depois fez um sinal com a cabeça ao homem do outro lado da mesa.

– Bem, Pai – disse –, queremos ouvir algumas das suas observações perspicazes.

O homem chamado de "Pai" era o inspetor-chefe Fred Davy. Davy estava prestes a se aposentar e parecia mais velho do que realmente era, por isso o apelido "Pai". Tinha presença e era tão simpático e gentil que muitos criminosos se surpreendiam ao descobrir que ele era muito menos bem-humorado e crédulo do que aparentava.

– Sim, Pai, queremos ouvir sua opinião – disse outro inspetor-chefe.

– A coisa cresceu muito – disse Davy, suspirando. – Muito. E talvez ainda esteja crescendo.

– Quando o senhor diz "cresceu", quer dizer numericamente?

– Sim.

Outro homem, Comstock, de aparência inteligente, astuto e de olhar alerta, interrompeu:

– E o senhor acha que isso é uma vantagem para eles?

– Sim e não – respondeu Pai. – Poderia ser desastroso. Mas até agora, infelizmente, eles têm mantido tudo sob controle.

O superintendente Andrews, um homem loiro, franzino e de expressão sonhadora, disse pensativo:

– Sempre achei que essa questão de tamanho é muito mais importante do que as pessoas imaginam. Um sujeito que trabalha sozinho, por exemplo. Se o negócio dele for bem dirigido e do tamanho certo, o sucesso é garantido. Mas se abrir filiais, aumentar o negócio, contratar pessoal, é possível que de repente a coisa adquira o tamanho errado e tudo vá por água abaixo. O mesmo vale para uma grande cadeia de lojas. Ou para um gigante da indústria. Se tiver o tamanho certo, terá sucesso. Caso contrário, não conseguirá dar conta. Tudo tem que ser do tamanho certo. Quando é do tamanho certo e bem dirigido, não tem para ninguém.

– De que tamanho você acha que é esse negócio? – perguntou sir Ronald.

– Maior do que pensamos no início – respondeu Comstock.

O inspetor McNeill, um sujeito de aparência dura, comentou:

— Está crescendo mesmo. O Pai tem razão. Está crescendo sem parar.

— Isso pode ser bom – disse Davy. – Talvez cresça um pouco rápido demais e saia do controle.

— A questão, sir Ronald – interveio McNeill –, é quem podemos pegar e quando.

— Há cerca de uma dúzia que podemos pegar – disse Comstock. – O grupo do Harris está envolvido nisso, sabemos. Há um pequeno ponto bem montado no caminho de Luton. E uma garagem em Epsom, uma taverna perto de Maidenhead e uma fazenda em Great Norton Road.

— E vale a pena pegar algum desses?

— Acho que não. Tudo peixe miúdo. Elos. Apenas elos dispersos na corrente. Um lugar onde reformam carros e os colocam rapidamente em circulação de novo; uma taverna respeitável, onde se transmitem recados; uma loja de roupas de segunda mão, onde o sujeito pode mudar o visual; um figurinista de teatro na East End, também muito útil. Essas pessoas recebem dinheiro para colaborar. Recebem um bom dinheiro, mas não *sabem* de nada!

O superintendente Andrews, um sonhador, disse de novo:

— Estamos lutando contra indivíduos muito inteligentes. E nem chegamos perto deles ainda. Só conhecemos alguns de seus contatos e nada mais. Como eu disse, o bando do Harris está metido no esquema, e Marks cuida da parte financeira. Os correspondentes estrangeiros estão em contato com Weber, mas ele é apenas um agente. Não temos nada de concreto contra ninguém. Sabemos que todos dispõem de meios para manter contato uns com os outros e com as diferentes ramificações do grupo, mas não sabemos exatamente como eles fazem isso. Nós os vigiamos e os seguimos, e eles sabem que os vigiamos. Há, *em algum lugar*, um grande centro de operações. O que queremos é pegar os organizadores.

– É como uma rede gigante – comentou Comstock. – Concordo que deve haver um centro de operações em algum lugar, um local onde se planeja, detalha e concatena cada operação. Em algum lugar, alguém trama tudo, criando planos de ação para a Operação Mala Postal ou Operação Folha de Pagamento. São essas pessoas que devemos pegar.

– É possível que nem estejam no nosso país – observou Pai, falando baixo.

– É verdade. Talvez morem num iglu, numa cabana em Marrocos ou num chalé na Suíça.

– Eu não acredito nesses grandes mentores – disse McNeill, sacudindo a cabeça. – Em romances policias, tudo bem. Tem que haver um cérebro, claro, mas não acredito na ideia de um supercriminoso. A meu ver, o que eles têm é uma ótima diretoria, com planejamento central e um presidente. Encontraram um esquema que funciona e estão sempre se aprimorando. Ainda assim...

– Diga – disse sir Ronald.

– Mesmo num grupo pequeno, deve haver indivíduos dispensáveis. O que eu chamo de "Princípio do Trenó Russo". De vez em quando, se eles acham que estamos chegando perto demais, jogam-nos um dos seus, um dos dispensáveis.

– Por que eles se atreveriam a tanto? Não seria arriscado demais?

– Imagino que a coisa possa ser feita de tal modo que o sujeito dispensado nem perceba que foi atirado do trenó. Ele acha que caiu. E ficará calado, porque julga ser melhor assim. E com razão. Eles têm muito dinheiro e podem se dar ao luxo de serem generosos. Cuidam da família, se o sujeito tiver família, enquanto ele está preso. Possivelmente planejam sua fuga.

– Já houve muitos casos assim – comentou Comstock.

– Acho que não adianta insistirmos nas nossas especulações – interrompeu sir Ronald. – Dizemos quase sempre as mesmas coisas.

McNeill riu.

– E o que o senhor deseja de nós?

– Bem... – Sir Ronald pensou por um momento. – Todos nós estamos de acordo em relação aos pontos principais – disse, lentamente. – Concordamos na nossa diretiva principal a respeito do que estamos tentando fazer. Acho que valeria a pena fazermos uma lista de pequenos pontos, coisas sem muita importância, mas inusitadas. É difícil explicar o que quero dizer, mas é como aquele detalhe do caso Culver, alguns anos atrás. Uma mancha de tinta. Vocês se lembram? Uma mancha de tinta em torno de uma toca de rato. Por que motivo um sujeito esvaziaria um frasco de tinta numa toca de rato? Não parecia importante. Era difícil entender. Mas quando obtivemos a resposta, ela nos levou a algum lugar. Era mais ou menos nisso que eu estava pensando. Procurarmos coisas singulares. Não tenham medo de contar se encontrarem algo inusitado. Insignificante, talvez, mas intrigante, porque não se encaixa no todo. Vejo que o Pai concorda.

– Totalmente – disse o inspetor Davy. – Vamos lá, rapazes. Tratem de aparecer com alguma novidade. Nem que seja só um sujeito com um chapéu esquisito.

Não houve resposta imediata. Todos pareciam um pouco incertos e hesitantes.

– Vamos lá – disse Pai. – Serei o primeiro a me arriscar. É apenas uma história engraçada, mas vale a pena contar. O assalto ao London & Metropolitan Bank, agência Carmolly Street. Estão lembrados? Uma lista completa de placas, cores e marcas de carro. Fizemos um apelo à população, e o pessoal se manifestou, e como! Cerca de 150 denúncias, todas enganosas! Chegamos, no final, a sete carros. Os sete foram vistos nos arredores do banco e qualquer um poderia estar envolvido no roubo.

– Sim – disse sir Ronald. – Continue.

– Havia um ou dois que não conseguíamos identificar. Deviam estar com as placas trocadas. Até aí, nenhuma novidade. Eles costumam fazer isso. A maioria dos carros acaba sendo descoberta. Vou dar apenas um exemplo. Morris Oxford, sedan preto, placa CMG 256, apontado por um oficial de justiça. Segundo ele, estava sendo dirigido pelo juiz Ludgrove.

Pai olhou em volta. Todos o escutavam, mas não evidenciavam interesse nenhum.

– Eu sei – disse ele –, informação errada como sempre. O juiz Ludgrove é um senhor que chama a atenção, principalmente porque é feio como o diabo. Bem, mas não se tratava do juiz Ludgrove, porque nessa hora ele estava no Tribunal. Ele realmente tem um Morris Oxford, mas a placa não é CMG 256. – Voltou a olhar para os outros. – Já sei, já sei. Vocês vão dizer que não há nada de especial nisso. Mas sabem qual era a placa do carro? CMG 265. Muito parecida, não? O tipo de erro que podemos cometer quando tentamos nos lembrar de uma placa.

– Desculpe – disse sir Ronald –, mas não vejo...

— Não há nada para se ver, não é? – interveio Davy. – Só que as duas placas eram muito parecidas: 265 - 256 CMG. Uma coincidência e tanto que exista um carro Morris Oxford, da mesma cor, com o mesmo número de placa, apenas com um número invertido, e um homem parecidíssimo com o proprietário na direção.

— Você quer dizer então...

— Só um número invertido. O "engano deliberado" de hoje. Parece isso.

— Desculpe, Davy. Ainda não compreendo aonde você quer chegar.

— Não quero chegar a lugar nenhum. Temos um carro Morris Oxford, placa CMG 265, passando pela rua dois minutos e meio depois do assalto ao banco. O oficial de justiça reconhece o juiz Ludgrove dentro do carro.

— Você está querendo dizer que era realmente o juiz Ludgrove? Ora, Davy.

— Não estou dizendo que era o juiz Ludgrove e que ele estava envolvido no roubo. O juiz Ludgrove estava hospedado no Hotel Bertram, na Pond Street, e no momento exato do assalto encontrava-se no Tribunal. Tudo isso ficou mais do que provado. Estou dizendo que a placa e a marca do carro, além da palavra de um oficial de justiça que conhece muito bem o velho Ludgrove, é o tipo de coincidência que *deveria* significar alguma coisa. Mas, pelo que se viu, não significa nada. Uma pena.

Comstock mexeu-se, pouco à vontade.

— Houve outro caso parecido. O roubo da joalheria de Brighton. Tratava-se de um velho almirante, parece. Não me lembro do nome dele agora. Uma mulher declarou que ele estava presente no local.

— E não estava?

— Não. Estava em Londres naquela noite. Tinha vindo para um jantar comemorativo da Marinha, parece.

– Hospedou-se no clube?

– Não, num hotel. Acho que o mesmo lugar que o senhor mencionou agora, Pai. Bertram, não? Um lugar tranquilo, frequentado por vários desses velhos oficiais reformados.

– Hotel Bertram – repetiu o inspetor-chefe Davy, pensativo.

Capítulo 5

I

Miss Marple acordou cedo porque sempre acordava cedo. Gostava da sua cama. Muito confortável.

Dirigiu-se à janela e abriu as cortinas, deixando entrar um pouco da pálida luz do dia londrino. Mesmo assim, não dispensou a luz elétrica. Muito agradável o quarto que lhe haviam reservado, bem dentro da tradição do Bertram. Papel de parede florido, uma cômoda de mogno polido e uma penteadeira combinando. Duas cadeiras, uma poltrona a boa altura do chão. Uma porta levava ao banheiro que, embora moderno, tinha um papel de parede com estampa de rosas, evitando a impressão excessiva de frígida higiene.

Miss Marple voltou para a cama, levantou os travesseiros, consultou o relógio, sete e meia, pegou o livrinho de orações que sempre a acompanhava e leu, como sempre, a página e meia do dia. Em seguida, pegou o material de tricô e começou a tricotar, a princípio lentamente, pois os dedos ficavam duros e reumáticos de manhã, mas, depois, aumentando a velocidade à medida que os dedos perdiam a dolorosa rigidez.

"Mais um dia", disse consigo mesma, constatando o fato com o prazer costumeiro. Mais um dia – e quem sabia o que aquele dia lhe reservava?

Largou o tricô e deixou que os pensamentos lhe passassem livremente pela cabeça... Selina Hazy... que linda casinha ela tinha em St. Mary Mead... e agora alguém tinha colocado aquele telhado verde horroroso...

Muffins... muita manteiga... mas uma delícia... E, imagine, servirem bolo de cominho, coisa tão antiga! Não esperara, nem por um momento, que as coisas ali fossem tão iguais a como eram antes... porque, afinal, o tempo não para... E fazê-lo parar assim devia custar um bom dinheiro... Não havia nem um pedacinho de plástico no hotel inteiro!... Devia dar lucro. As coisas fora de moda voltam como elemento pitoresco... Basta ver como as pessoas valorizam as rosas de antigamente e desdenham os chás híbridos!... Nada ali parecia verdadeiramente real... E por que haveria de parecer?... Fazia cinquenta anos... não, quase sessenta anos que ela se hospedara ali. E o lugar não parecia real porque ela já estava aclimatada neste ano da era comum... Realmente, a coisa toda abria uma série de novos problemas muito interessantes... A atmosfera e as *pessoas*... Miss Marple afastou o material de tricô.

– Muito dinheiro – disse ela em voz alta. – Muito dinheiro, creio. E bastante difícil de encontrar...

Isso explicaria a sensação de desconforto que tivera na noite passada? A sensação de que alguma coisa estava errada...

Todas aquelas velhas – na verdade, muito parecidas com as velhas hospedadas ali cinquenta anos atrás. Na época, pareciam naturais – mas agora, não. Os idosos de hoje não eram como os idosos de antigamente. Tinham aquele ar perturbado de inquietações domésticas que lhes esgotavam as forças, ou participavam de comitês, tentando aparentar competência, ou pintavam o cabelo de azul, ou usavam peruca, e as mãos não eram as mãos que ela recordava, mãos finas, delicadas – eram ásperas de tanto lavar roupa e por causa dos detergentes...

E assim... Bem, aquelas pessoas não pareciam reais. Mas o ponto é que elas *eram* reais. Selina Hazy era real.

E aquele elegante senhor militar no canto era real – ela o encontrara uma vez, mas não se lembrava do nome dele –, e o bispo (querido Robbie!) estava morto.

Miss Marple olhou para seu pequeno relógio. Eram oito e meia. Hora do café da manhã.

Leu as instruções da gerência do hotel – ótima impressão, letras grandes. Nem era necessário colocar os óculos.

As refeições podiam ser pedidas por telefone, solicitando serviço de quarto, ou podia-se apertar o botão da campainha, onde estava escrito "camareira".

Miss Marple resolveu apertar o botão. Sempre se atrapalhava quando falava com o serviço de quarto.

O resultado foi excelente. Quase que imediatamente, bateram à porta, e apareceu uma camareira impecável. Uma camareira de verdade que parecia irreal, usando um uniforme listrado e uma *touca*, uma touca recém-lavada e passada. Tinha o rosto sorridente, rosado, de camponesa. (Onde é que eles *encontravam* essas pessoas?)

Miss Marple pediu o café da manhã. Chá, ovos escalfados, brioches frescos. Tão perfeita era a camareira que nem chegou a mencionar cereais ou suco de laranja.

Cinco minutos depois, chegou a refeição. Uma bandeja espaçosa, com um grande bule de chá, leite cremoso, um jarro de prata com água quente. Dois ovos belamente escalfados sobre torradas, escalfados da maneira correta, no formato certo, e uma boa rodela de manteiga, estampada com um cardo. Geleia de laranja, geleia de morango e mel. Brioches lindos, não aqueles duros – tinham cheiro de pão fresquinho (o cheiro mais delicioso do mundo!). Havia também uma maçã, uma pera e uma banana.

Miss Marple enfiou a faca no ovo, cautelosa, mas confiante. Não se decepcionou. Uma gema bem amarela escorreu, grossa e cremosa. Ovos *de verdade*!

Tudo bem quente. Um verdadeiro café da manhã. Poderia ela mesma ter preparado, mas não precisara. O café da manhã era-lhe servido – não, não como se ela fosse uma rainha – como se ela fosse uma senhora de meia-idade hospedada num hotel bom, mas não muito caro. Aliás, no ano de 1909. Miss Marple agradeceu à camareira, que respondeu com um sorriso.

– Sim, madame, o *chef* dá muita importância ao café da manhã.

Miss Marple reparou na moça. O Hotel Bertram produzia maravilhas. Uma camareira *de verdade*. Beliscou o braço esquerdo disfarçadamente.

– Você está aqui há muito tempo?

– Há um pouco mais de três anos, madame.

– E antes?

– Eu trabalhava num hotel em Eastbourne. Muito moderno, mas prefiro lugares antigos, como este.

Miss Marple tomou um gole de chá. Pegou-se cantarolando vagamente, as palavras se arrumando numa cantiga há muito esquecida. *"Oh, onde você esteve esse tempo todo..."*, cantarolou.

A camareira parecia ligeiramente assustada.

– Eu estava só me lembrando de uma música antiga – explicou Miss Marple, em tom de desculpa. – Muito popular na minha época.

Cantou mais uma vez, com suavidade: "Oh, onde você esteve esse tempo todo...".

– A senhorita conhece?

– Bem... – a camareira ficou sem graça.

– Não é da sua época – disse Miss Marple. – Ah, a gente acaba se lembrando de coisas num lugar como este.

– Sim, madame, acho que grande parte das senhoras que ficam aqui se sentem assim.

– De certo modo, é por isso que elas vêm, creio eu – disse Miss Marple.

A camareira saiu. Evidentemente, estava acostumada com senhoras saudosas que cantarolavam.

Miss Marple terminou o café da manhã e levantou-se, satisfeita. Já tinha planejado passar uma agradável manhã nas lojas. Nada muito exaustivo, para não se cansar. Talvez Oxford Street hoje, e amanhã Knightsbridge, pensava feliz.

Eram cerca de dez horas da manhã quando Miss Marple saiu do quarto totalmente equipada: chapéu, luvas, guarda-chuva – só para garantir, embora o tempo estivesse bom – bolsa – a sua melhor bolsa de compras...

A segunda porta ao longo do corredor abriu-se bruscamente e alguém espiou para fora. Era Bess Sedgwick, que voltou imediatamente para dentro, fechando a porta com força.

Miss Marple começou a pensar nisso enquanto descia a escada. Preferia a escada ao elevador de manhã. Era bom para aquecer. Seus passos foram se tornando mais lentos, mais lentos... e Miss Marple parou.

II

O coronel Luscombe atravessava o corredor vindo de seu quarto quando uma porta no alto da escada abriu-se de repente.

– Finalmente! – disse lady Sedgwick. – Estava procurando pelo senhor. Onde podemos conversar? Sem nenhuma velhota para nos interromper.

– Bem, na verdade, Bess, não sei direito... Talvez no mezanino. Há uma espécie de sala de correspondência.

– É melhor você entrar aqui. Rápido, antes que a camareira comece a desconfiar de nós.

Mesmo sem querer, o coronel Luscombe passou pela porta e fechou-a.

– Não tinha a mínima ideia de que você ia se hospedar aqui, Bess.

– Imagino.

– O que eu quero dizer é que jamais *teria* trazido a Elvira para cá. Estou com a Elvira aqui, você sabia, não?

– Sim, vi vocês ontem à noite.

– Mas eu realmente não sabia que estava aqui. Parecia um lugar tão incondizente com você.

– Não sei por quê. – Disse Bess Sedgwick, secamente. – É, disparado, o hotel mais confortável de Londres. Por que eu não ficaria aqui?

– Você precisa entender que eu não tinha a mínima ideia...

Lady Sedgwick olhou para o coronel e riu. Estava vestida para sair, com uma saia preta de ótimo caimento e uma blusa verde-esmeralda. Parecia alegre e animada. Ao seu lado, o coronel Luscombe parecia velho e desbotado.

– Derek, querido, não fique tão preocupado. Não o estou acusando de tentar forjar um encontro sentimental entre mãe e filha. Essas coisas acontecem. Pessoas que se encontram nos lugares mais inusitados. Mas você *tem que* tirar a Elvira daqui, Derek. Imediatamente. Hoje.

– Ela já ia embora mesmo. Eu só a trouxe aqui por uma ou duas noites. Vou levá-la a uma peça, esse tipo de coisa. Amanhã ela vai para a casa dos Melford.

– Coitada! Vai se entediar lá.

Luscombe olhou-a com preocupação.

– Você acha?

Bess teve pena dele.

– Provavelmente não, depois do que enfrentou na Itália. Talvez até goste.

Luscombe tomou coragem.

– Olhe Bess, fiquei espantado de encontrá-la aqui, mas você não acha que, de certa forma, foi providencial? Pode ser uma oportunidade. Não acho que você saiba realmente... como a menina se sente.

– O que você está querendo dizer com isso, Derek?

– Bem, você *é* a mãe dela.

– Claro que sou a mãe dela. Ela é minha filha. E qual a vantagem disso para nós duas hoje ou em algum dia no futuro?

– Você não tem como saber. Acho... acho que ela sente.

– Por que você acha isso? – perguntou Bess Sedgwick, com rispidez.

– Uma coisa que ela disse ontem. Ela perguntou onde você estava, o que você fazia.

Bess Sedgwick atravessou o quarto em direção à janela. Ficou um momento ali, tamborilando no vidro.

– Você é tão bondoso, Derek – disse ela. – Tem ideias tão amáveis. Mas elas não funcionam, meu anjo. Isso é o que você precisa entender. Não funcionam e podem ser perigosas.

– O que é isso, Bess? Perigosas?

– Sim, sim, sim. Perigosas. *Eu sou* perigosa. Sempre fui.

– Quando penso em certas coisas que você fez – disse o coronel Luscombe.

– Isso só diz respeito a mim – retorquiu Bess Sedgwick. – Correr perigo já se tornou um hábito para mim. Não, não diria um hábito. É mais como um vício. Uma droga. Como aquela dose de heroína que os viciados têm de tomar com frequência para que a vida lhes pareça alegre e digna de ser vivida. É isso. Essa é a minha desgraça. Ou não, quem sabe? Nunca usei drogas, nunca precisei. O perigo é a minha droga. Mas uma pessoa que vive como eu pode causar danos a outras. Não seja um velho teimoso, Derek. Mantenha essa menina bem longe de mim. Não tenho como ajudá-la. Só fazer mal. Se possível, nem lhe conte que eu estive hospedada no mesmo hotel. Ligue para os Melford e leve-a para a casa deles ainda *hoje*. Invente alguma desculpa. Diga que teve um contratempo...

O coronel Luscombe hesitou, alisando o bigode.

– Acho que você está cometendo um erro, Bess – disse, suspirando. – Ela perguntou onde você estava. Eu disse que estava viajando.

– Bem, daqui a umas doze horas, vou estar viajando mesmo. Você não mentiu.

Bess Sedgwick aproximou-se do coronel, beijou-o na ponta do queixo, virou-o de costas, como se eles fossem brincar de cabra-cega, abriu a porta e empurrou-o delicadamente para fora. Quando a porta se fechou, o coronel reparou numa senhora que dobrava no corredor, vindo da escada. Murmurava alguma coisa, examinando a bolsa: "Meu Deus. Devo ter esquecido no quarto".

Passou pelo coronel sem prestar muita atenção nele, mas quando ele começou a descer a escada, Miss Marple parou em frente à porta do quarto e lançou um olhar inquisitivo em sua direção. Em seguida, olhou para a porta de Bess Sedgwick. "Então era por ele que ela estava esperando", pensou Miss Marple. "Por que será?"

III

O cônego Pennyfather, fortificado pelo café da manhã, atravessou o saguão de entrada, lembrou-se de deixar a chave na recepção, passou pelas portas de vaivém e foi devidamente conduzido a um táxi pelo porteiro irlandês, que estava ali para isso.

– Para onde, senhor?

– Ai, meu Deus – exclamou o cônego Pennyfather, subitamente desconsolado. – Para onde eu ia mesmo?

O tráfego na Pond Street ficou parado alguns minutos enquanto o cônego Pennyfather e o porteiro debatiam a questão.

Finalmente, o cônego Pennyfather teve um estalo, e o táxi recebeu ordem de se dirigir ao Museu Britânico.

O porteiro ficou na calçada, com um largo sorriso no rosto, e como ninguém mais parecia estar de saída, caminhou ao longo da fachada do hotel, assobiando baixinho uma melodia antiga.

Uma das janelas do térreo foi aberta, mas o porteiro não virou a cabeça até ouvir uma pessoa falando lá de dentro:

– Então foi aqui que você veio parar, Micky. O que o trouxe para cá?

O porteiro deu meia-volta, assustado, e arregalou os olhos.

Lady Sedgwick enfiou a cabeça pela janela aberta.

– Não está me reconhecendo? – perguntou.

Um brilho repentino de reconhecimento iluminou o rosto do homem.

– Ora, mas se não é a pequena Bessie! Vejam só! Depois de todos esses anos. A pequena Bessie.

– Só você me chama de Bessie. Um nome repugnante. O que você andou fazendo esses anos todos?

– Um pouco de tudo – respondeu Micky, com certa reserva. – Não saí nos jornais como você. Estou sempre lendo sobre suas façanhas.

Bess Sedgwick riu.

– De qualquer maneira, estou muito mais conservada do que você – disse. – Você bebe demais. Sempre bebeu.

– Está conservada porque tem dinheiro.

– Dinheiro não lhe adiantaria de nada. Você se afogaria na bebida. Com certeza! Mas o que o trouxe aqui? Isso é o que eu queria saber. Como é que você veio parar neste lugar?

– Eu precisava de um emprego, tinha isto... – disse, passando a mão pelas medalhas do peito.

– Sim, estou vendo – comentou Bess, pensativa. – São todas autênticas, não?

– Claro que são autênticas. Por que não seriam?

– Oh, eu acredito em você. Você sempre foi corajoso. Sempre foi um bom lutador. Sim, o exército lhe fez bem. Tenho certeza.

– O exército é bom em tempos de guerra. Em tempos de paz, não serve para nada.

– Então você entrou nesse negócio. Eu não tinha a menor ideia... – disse Bess, parando no meio da frase.

– Não tinha a menor ideia de quê, Bessie?

– Nada. É estranho revê-lo depois de tantos anos.

– *Eu* não me esqueci – disse o homem. – Nunca me esqueci de você, Bessie. Ah, como você era bela! Uma menina linda.

– Uma idiota, isso sim – corrigiu ela.

– Isso é verdade. Você não tinha muito juízo. Se tivesse, não teria se envolvido comigo. Que jeito você tinha para cavalos! Você se lembra daquela égua? Como é que se chamava? Molly O'Flynn. Endiabrada aquela égua.

– Você era o único que conseguia montá-la – disse lady Sedgwick.

– Se pudesse, me derrubava no chão! Mas quando via que não conseguiria, desistia. Uma beleza de animal. Mas, falando em montar a cavalo, não havia uma mulher sequer naquela região que montasse como você. Firme na sela, mãos hábeis. Você nunca teve medo. E continua igual, pelo visto. Aviões, carros de corrida.

Bess Sedgwick deu uma risada.

– Preciso continuar minhas cartas.

Afastou-se da janela.

Micky debruçou-se no peitoril.

– Não me esqueci de Ballygowlan – falou, de maneira insinuante. – Cheguei a pensar em lhe escrever...

– O que você está querendo dizer, Mick Gorman? – perguntou Bess Sedgwick, rispidamente.

– Só estou dizendo que não me esqueci... de nada. Estava só... lembrando.

A voz de Bess Sedgwick manteve o mesmo tom ríspido.

– Se você está insinuando o que eu imagino, quero lhe dar um conselho. Se você me causar qualquer complicação, eu lhe dou um tiro, como se você fosse um rato. Já atirei em um homem...

– No exterior, talvez...

– No exterior, aqui, para mim tanto faz.

– Chega, meu Deus! Eu acredito que você é capaz disso! – havia admiração na voz dele. – Em Ballygowlan...

– Em Ballygowlan – interrompeu ela – eles lhe pagaram para ficar de bico fechado, e pagaram bem. Você recebeu o dinheiro. E não receberá mais nada de mim, se quiser saber.

– Seria uma história romântica interessante para os tabloides de domingo...

– Você ouviu o que eu disse.

– Ah – riu ele –, não estou falando sério. Estava só brincando. Jamais magoaria a minha pequena Bessie. Vou continuar de bico fechado.

– Assim espero – disse lady Sedgwick.

Fechou a janela e, baixando os olhos para a mesa à sua frente, olhou para a carta inacabada no bloco de anotações. Arrancou-a, releu-a, amassou-a e jogou-a no lixo. Depois, levantou-se abruptamente e saiu da sala, sem nem sequer olhar em volta.

As menores salas de correspondência do Bertram geralmente pareciam vazias, mesmo quando não estavam. Havia duas escrivaninhas bem equipadas perto das janelas, uma mesa à direita, com algumas revistas, e duas grandes poltronas de respaldar alto à esquerda, voltadas para a lareira. Eram os locais preferidos dos velhos militares – do exército ou da marinha –, que ali se escondiam à tarde para tirar um cochilo até a hora do chá. Quem chegava para escrever uma carta normalmente não reparava neles. De manhã, as poltronas não eram tão procuradas.

Mas por acaso, naquela manhã, as duas estavam ocupadas. Uma senhora idosa estava sentada numa e na outra, uma jovem. A menina levantou-se. Ficou de pé um momento, olhando em dúvida para a porta por onde passara lady Sedgwick, e depois foi lentamente para lá. Elvira Blake estava pálida.

Cinco minutos depois, a senhora idosa também saiu. Miss Marple, então, concluiu que o breve descanso que costumava tirar sempre que acabava de se vestir e descer já havia durado o suficiente. Estava na hora de sair e aproveitar os prazeres de Londres. Caminharia até Piccadilly e, de lá, pegaria o ônibus 9 para a High Street, Kensington; outra ideia era andar até a Bond Street e pegar o 25 para Marshall & Snelgrove's; ou, quem sabe, pegar o 25 em sentido contrário, que, pelo que ela se lembrava, a levaria até a Army & Navy Stores. Ao passar pelas portas de vaivém, ainda se deliciava com esses pensamentos. O porteiro irlandês, já de volta ao posto, decidiu por ela.

– A senhora quer um táxi – disse ele, com segurança.
– Acho que não – disse Miss Marple. – Acho que posso pegar o ônibus 25, que passa bem perto daqui. Ou o 2, de Park Lane.
– Não recomendo que a senhora vá de ônibus – disse ele com firmeza. – É muito perigoso andar de ônibus quando não se é mais jovem. O jeito que eles param e arrancam. Não estão nem aí se derrubam as pessoas. Não se importam com nada hoje em dia. Eu chamo um táxi, e a senhora vai para onde quiser, como uma rainha.

Miss Marple considerou a proposta e aceitou.
– Tudo bem – disse. – Talvez seja melhor eu pegar um táxi mesmo.

O porteiro nem precisou chamar. Bastou estalar os dedos, e um táxi apareceu como num passe de mágica. Miss Marple recebeu ajuda para entrar e, na hora, decidiu ir até Robinson & Cleaver's para ver as incríveis ofertas de lençóis de linho puro. Acomodou-se feliz no táxi, sentindo-se, realmente, como o porteiro lhe prometera, feito uma rainha. Pensava, com satisfação, nos lençóis de linho, fronhas de linho, panos de prato sem desenhos de banana, figo ou cachorro e outras figuras coloridas que nos distraem na hora de enxugar a louça.

IV

Lady Sedgwick foi até o balcão da recepção.
– O sr. Humfries está na sala dele?
– Sim, lady Sedgwick – respondeu a srta. Gorringe, espantada.

Lady Sedgwick passou por trás do balcão, bateu na porta e entrou sem esperar resposta.

O sr. Humfries ficou surpreso.
– O que...?

– Quem contratou Michael Gorman?

O sr. Humfries balbuciou:

– Parfitt foi embora, sofreu um acidente de carro há um mês. Tivemos que substituí-lo às pressas. Esse sujeito parecia decente. Boas referências, veterano do exército, ótimo histórico. Não é muito inteligente, mas às vezes é até melhor. A senhora sabe de alguma coisa contra ele?

– O suficiente para não querê-lo aqui.

– Se a senhora insiste – disse Humfries, lentamente –, podemos demiti-lo...

– Não – disse lady Sedgwick. – Agora é tarde demais. Deixe para lá.

Capítulo 6

I

— Elvira.

– Oi, Bridget.

A honorável Elvira Blake entrou pela porta da frente do número 180 da Onslow Square, porta que sua amiga Bridget viera correndo para abrir, pois já a avistara da janela.

– Vamos lá para cima – sugeriu Elvira.

– É, melhor. Senão minha mãe vai atrapalhar.

As duas meninas subiram correndo a escada, contornando, assim, a mãe de Bridget, que saiu do seu quarto para o patamar um pouco tarde demais.

– Você é muito sortuda de não ter mãe – disse Bridget, quase sem fôlego, enquanto conduzia a amiga para o quarto e trancava a porta. – É verdade que a minha mãe é um doce, mas as *perguntas* que ela faz! De manhã, de tarde e de noite. "A que horas você vai, com quem você se encontrou? Não serão primos de alguém com o mesmo nome em Yorkshire?" Só coisa fútil.

– Acho que elas não têm mais nada no que pensar – comentou Elvira. – Olhe, Bridget, preciso fazer uma coisa muito importante, e você tem que me ajudar.

– Se eu puder... O que é? Um homem?

– Não, não é nada disso.

Bridget fez cara de decepcionada.

– Preciso ir para a Irlanda – continuou Elvira. – Ficar lá 24 horas, talvez um pouco mais, e preciso que você me dê cobertura.

– Irlanda? Por quê?

– Não tenho como lhe contar tudo agora. Não há tempo. Preciso encontrar meu tutor, o coronel Luscombe, no Prunier's, à uma e meia, para o almoço.

– O que aconteceu com a velha Carpenter?

– Consegui escapar dela na Debenham's.

Bridget riu.

– E, depois do almoço, vão me levar para a casa dos Melford. Vou morar com eles até fazer 21 anos.

– Que horror!

– Espero dar conta. A prima Mildred é facílima de enganar. Já está combinado que virei à cidade para aulas e outras coisas. Existe um lugar chamado Mundo de Hoje. Eles nos levam para palestras, museus, galerias, Câmara dos Lordes etc. A questão toda é que ninguém saberá se estamos ou não onde deveríamos estar! Faremos um monte de coisas.

– Espero que sim – disse Bridget, rindo. – Conseguimos fazer isso na Itália, não é? A velha Macaroni achava que era rigorosa. Mal sabia ela o que éramos capazes de fazer quando queríamos.

As duas riram, lembrando-se com prazer das travessuras bem-sucedidas.

– Mesmo assim, precisava de muito planejamento – disse Elvira.

– E algumas mentiras aqui e ali – complementou Bridget. – Você tem alguma notícia do Guido?

– Sim! Ele me escreveu uma longa carta assinada "Ginevra", como se fosse uma amiga minha. Mas pare de falar um pouco, Bridget. Temos um monte de coisas para fazer e só uma hora e meia para resolver tudo. Primeiro, *escute*. Tenho que vir aqui amanhã para o dentista. Isso é fácil. Posso remarcar por telefone. Ou você pode fazer isso por mim. Aí, por volta do meio-dia, você liga para os

Melford fingindo que é a sua mãe e explica que o dentista marcou uma nova consulta para o dia seguinte, e, por isso, eu preciso ficar aqui com vocês.

– Vai dar certo. Eles vão agradecer por ter avisado e tudo o mais. Mas e se você *não* voltar no outro dia?

– Aí você vai ter que ligar de novo.

Bridget parecia pouco confiante.

– Até lá, teremos muito tempo para pensar em alguma coisa – disse Elvira, sem paciência. – O que me preocupa agora é *dinheiro*. Você não tem nada, imagino – comentou Elvira, sem muita esperança.

– Só umas duas libras.

– Não dá. Preciso comprar minha passagem de avião. Já olhei os horários dos voos. A viagem leva cerca de duas horas. Vai depender muito de quanto tempo precisarei ficar lá.

– Você não pode me dizer o que vai fazer?

– Não, não posso. Mas é muito importante.

A voz de Elvira estava tão diferente que Bridget a olhou, surpresa.

– É coisa séria mesmo, Elvira.

– É.

– Algo que ninguém pode saber?

– Tipo isso. Uma questão ultrassecreta. Preciso descobrir se um certo negócio é verdadeiro ou não. Uma chatice o lance do dinheiro. O que me enfurece é que, na verdade, eu sou muito rica. Foi meu tutor que disse. Mas eles só me dão uma mixaria de mesada para comprar roupas, que acaba logo que recebo.

– Será que o seu tutor, o tal coronel Não-Sei-de--Quê, não poderia lhe emprestar dinheiro?

– Impossível. Ele faria um monte de perguntas. Ia querer saber para que eu estava pedindo o dinheiro.

– É verdade. Não sei por que todo mundo sempre faz tantas perguntas. Toda vez que alguém me liga, minha mãe vem me perguntar quem era, acredita? Ela não tem que se meter.

Elvira concordou, mas estava pensando em outra coisa.

– Você já empenhou alguma coisa, Bridget?

– Não. Nunca. Acho que nem sei como funciona.

– É bem fácil, creio – disse Elvira. – Você vai a um daqueles joalheiros que têm três bolas em cima da porta, sabe?

– Acho que eu não tenho nada que valha a pena empenhar – disse Bridget.

– Sua mãe não tem nenhuma joia guardada?

– Não acho bom pedirmos a ajuda dela.

– É, melhor não. Mas poderia pegar alguma coisa, de repente, sem ninguém saber.

– Não podemos fazer uma coisa dessas! – exclamou Bridget, chocada.

– Não? É, talvez você tenha razão. Mas garanto que ela nem ia reparar. Colocaríamos de volta antes que ela desse por falta. *Eu* sei. Vamos ao sr. Bollard.

– Quem é sr. Bollard?

– Ah, é uma espécie de joalheiro de família. Sempre levo meu relógio lá para consertar. Ele me conhece desde que eu tinha seis anos. Vamos. Temos pouco tempo.

– É melhor sairmos pelos fundos – disse Bridget. – Senão, a minha mãe vai perguntar para onde estamos indo.

Do lado de fora do tradicional estabelecimento Bollard & Whitley na Bond Street, as duas meninas faziam as combinações finais:

– Tem certeza de que entendeu, Bridget?

– Acho que sim – respondeu Bridget, com a voz nada contente.

– Primeiro – disse Elvira –, vamos sincronizar nossos relógios.

Bridget animou-se um pouco. Essa frase literária conhecida teve um efeito estimulante sobre ela. Solenemente, as duas sincronizaram os relógios, Bridget ajustando o seu, que marcava uma diferença de um minuto.

– A hora zero será exatamente daqui a 25 minutos – disse Elvira. – Isso me dará bastante tempo. Talvez mais do que preciso, mas é melhor assim.

– E se...? – começou Bridget.

– "E se" o quê? – perguntou Elvira.

– E se eu for atropelada *mesmo*?

– É claro que você não vai ser atropelada – retrucou Elvira. – Você sabe ser muito ágil, e o tráfego de Londres costuma parar de repente. Vai dar tudo certo.

Bridget não parecia muito convencida.

– Você não vai me decepcionar, não é, Bridget?

– Não – respondeu Bridget. – Não vou decepcioná-la.

– Ótimo.

Bridget atravessou para o outro lado da Bond Street, e Elvira abriu a porta da Bollard & Whitley, velhos e conceituados joalheiros e relojoeiros. Do lado de dentro, havia uma atmosfera de elegância e tranquilidade. Um fidalgo de fraque adiantou-se e perguntou a Elvira em que poderia ajudá-la.

– Posso falar com o sr. Bollard?

– Sr. Bollard. Seu nome?

– Srta. Elvira Blake.

O fidalgo desapareceu, e Elvira foi até um balcão de vidro, sob o qual broches, anéis e braceletes eram exibidos sobre um fundo de veludo. Em pouco tempo, o sr. Bollard apareceu. Era o sócio principal da firma, um senhor de sessenta e poucos anos. Recebeu Elvira com muito carinho.

– Srta. Blake! Então está em Londres? É um grande prazer revê-la. Em que posso ajudar?

Elvira mostrou um delicado relógio de pulso.

– Este relógio não está funcionando direito – disse Elvira. – Será que o senhor pode dar um jeito nele?

– Sim, claro. Não há o menor problema – disse o sr. Bollard, pegando o relógio da mão de Elvira. – Para que endereço devo mandá-lo?

Elvira deu o endereço.

– Outra coisa – disse. – Conhece meu tutor, o coronel Luscombe?

– Claro.

– Ele me perguntou o que eu gostaria de ganhar no Natal – disse Elvira. – Sugeriu que eu viesse aqui e desse uma olhada nas coisas. Perguntou se eu queria que ele viesse junto, mas eu respondi que preferia vir sozinha primeiro, porque é um pouco constrangedor, não? Com a questão dos preços...

– Sim, entendo – disse o sr. Bollard, sorridente e paternal. – No que você está pensando, srta. Blake? Um broche, um bracelete... um anel?

– Acho que um broche é mais útil – respondeu Elvira. – Mas será que eu poderia ver *várias* coisas? – disse, com olhar súplice. O sr. Bollard sorriu, compreensivo.

– Claro. Não dá prazer nenhum escolher com pressa, não é?

Os cinco minutos seguintes foram muito agradáveis. Nada era problema para o sr. Bollard. Pegava coisas numa vitrine, em outras, e os broches e braceletes empilhavam-se em cima de um pedaço de veludo aberto na frente de Elvira. De vez em quando, ela se virava para se olhar no espelho, avaliando o efeito de um broche ou de um pingente. No final, um lindo bracelete, um pequeno relógio de brilhantes e dois broches foram separados.

– Vamos tomar nota disso – falou o sr. Bollard –, e quando o coronel Luscombe estiver em Londres novamente, ele pode vir aqui e escolher o presente que gostaria de lhe dar.

– Assim está ótimo – disse Elvira. – Sentirá como se ele mesmo tivesse decidido, não? – seus límpidos olhos azuis ergueram-se para o rosto do joalheiro. Os mesmos olhos perceberam, um momento antes, que haviam se passado exatamente 25 minutos.

Do lado de fora, ouviu-se um ranger de freios e um grito alto de mulher. Inevitavelmente, os olhos de todos na loja voltaram-se para a vitrine que dava para a Bond Street. O movimento da mão de Elvira no balcão à sua frente e do balcão para o bolso de seu costume feito sob medida foi tão rápido e discreto que se diria imperceptível, mesmo que alguém estivesse olhando.

– Nossa – disse o sr. Bollard, voltando de onde estava. – Por pouco não acontece um acidente. Que menina doida! Atravessar a rua desse jeito.

Elvira já se dirigia para a porta. Olhou para seu relógio de pulso e exclamou:

– Meu Deus! Já demorei demais aqui. Talvez perca o trem de volta. *Muito* obrigada, sr. Bollard. Não vá se esquecer das quatro peças que escolhi, hein?

Logo depois, já estava do lado de fora. Virando rapidamente à esquerda e depois à esquerda de novo, parou sob a arcada de uma sapataria, até que Bridget, quase sem fôlego, veio ao seu encontro.

– Oh! – exclamou Bridget. – Fiquei aterrorizada. Achei que fosse morrer. E fiz um buraco na meia.

– Não faz mal – disse Elvira conduzindo a amiga pela rua, dobrando outra esquina à direita. – Vamos.

– Deu certo?

Elvira pôs a mão no bolso e mostrou um bracelete de brilhante e safira.

– Elvira! Como você teve coragem?

– Agora, Bridget, você precisa ir àquela casa de penhores, como combinamos. Vá lá e veja quanto consegue com isso. Peça cem libras.

– Você acha... e se eles disserem... e se esse bracelete estiver numa lista de coisas roubadas?

– Não seja boba. Como é que ia estar numa lista tão rápido? Eles ainda nem repararam.

– Elvira, mas quando eles repararem, vão pensar... talvez saber... que você é que o levou.

– Eles podem até pensar isso, se descobrirem logo.

– Bom, aí eles vão à polícia e...

Bridget parou de falar ao ver Elvira sacudir a cabeça lentamente, o cabelo loiro movendo-se de um lado para o outro, e um débil e enigmático sorriso curvando-lhe os cantos da boca.

– Eles não vão à polícia, Bridget. Não se acharem que fui *eu* que levei o bracelete.

– Por quê? Você está dizendo...

– Como lhe contei, vou receber muito dinheiro quando fizer 21 anos. Poderei comprar um monte de joias deles. *Eles* não farão um escândalo. Vá logo pegar o dinheiro. Depois, vá à Aer Lingus e compre a passagem. Tenho que pegar um táxi para o Prunier's. Já estou dez minutos atrasada. Estarei com você amanhã de manhã, às dez e meia.

– Oh, Elvira, seria tão bom se você não se arriscasse tanto! – lamentou Bridget.

Mas Elvira já estava fazendo sinal para um táxi parar.

II

Miss Marple passou momentos agradabilíssimos em Robinson & Cleaver's. Além de comprar lençóis caros, mas maravilhosos – amava lençóis de linho, tão macios e frescos –, permitiu-se a aquisição de ótimos panos de prato, com rendas vermelhas nas bordas. Era tão difícil conseguir bons panos de prato hoje em dia! Só havia panos que mais pareciam toalhas de mesa, decorados com rabanetes e lagostas ou com a Torre Eiffel ou a Trafalgar Square. Alguns vinham estampados com limões e laranjas. Depois de dar seu endereço em St. Mary Mead, Miss Marple descobriu um ônibus que a levou à Army & Navy Stores.

A Army & Navy Stores havia sido o lugar preferido da tia de Miss Marple no passado. Claro que atualmente já não era a mesma coisa. Miss Marple se lembrou da tia Helen procurando seu funcionário predileto no departamento, sentando-se confortavelmente numa cadeira, com uma touca na cabeça e o que chamava de manto de "popelina preta". Passava-se, então, uma longa hora, sem pressa, tia Helen imaginando todo tipo de mantimento que pudesse ser adquirido e estocado para uso futuro. Faziam compras para o Natal e até já se pensava na Páscoa. A menina Jane ficava um pouco inquieta e, por isso, recebia ordem de ir olhar a seção de vidros, para se distrair.

Terminadas as compras, tia Helen começava a fazer várias perguntas sobre a vida de seu funcionário preferido, querendo saber a respeito da mãe, da esposa, do segundo filho e da cunhada deficiente. Depois de uma manhã deliciosa, tia Helen dizia, do jeito brincalhão daquela época: "O que a menina acha de irmos almoçar?". Pegavam, então, o elevador para o quarto andar e almoçavam, fechando sempre com um sorvete de morango. No final, compravam duzentos e cinquenta gramas de bombons de chocolate com café e iam para uma matinê numa carroça de quatro rodas.

Evidentemente, a Army & Navy Stores havia sofrido diversas mudanças desde aquele tempo. Na verdade, estava quase irreconhecível para quem a conhecera antigamente. Mais alegre e muito mais iluminada. Miss Marple, embora sorrisse indulgente para o passado, não se opunha às comodidades do presente. Ainda havia um restaurante, e para lá se dirigiu com o intuito de almoçar.

Enquanto lia atentamente o cardápio, decidindo o que pedir, olhou pela sala e ergueu ligeiramente as sobrancelhas. Que coincidência extraordinária! Ali estava uma mulher que jamais havia visto até a véspera, embora houvesse inúmeras fotos suas nos jornais – em corridas, nas Bermudas ou ao lado de seu avião ou carro. No dia anterior, pela primeira vez, encontrara a moça pessoalmente. E agora, como acontece muitas vezes, esbarrara com ela novamente no lugar mais improvável. Porque não conseguia ligar o almoço na Army & Navy Stores à Bess Sedgwick. Não se admiraria de ver Bess Sedgwick saindo de um covil no Soho ou descendo a escada da Covent Garden Opera House, em vestido de gala, com uma tiara de brilhantes na cabeça. Mas não ali na Army & Navy Stores, que, na concepção de Miss Marple, estava e estaria sempre ligada com o pessoal das forças armadas, suas esposas, filhas, tias e avós. No entanto, ali estava Bess Sedgwick, muito elegante como sempre, com seu costume preto e blusa verde--esmeralda, almoçando na companhia de um homem. Um jovem de rosto fino, aquilino, com um jaqueta de couro preta. Inclinavam-se para a frente, conversando animados, pondo na boca garfadas de comida como se nem reparassem no que comiam.

Um encontro amoroso, talvez? Sim, provavelmente. O rapaz devia ter uns quinze, vinte anos a menos do que ela. Mas Bess Sedgwick era uma mulher muito atraente.

Miss Marple olhou cuidadosamente para o rapaz e chegou à conclusão de que ele era o que ela chamava de um "belo moço". Também reparou que não gostava muito dele. "É igualzinho ao Harry Russell", pensou, desencavando, como de costume, um protótipo do passado. "Nunca prestou. Assim como todas as mulheres que andaram com ele."

"Ela não aceitaria um conselho meu", pensava Miss Marple, "mas eu poderia lhe dar um". Os casos amorosos dos outros, porém, não eram da sua conta, e Bess Sedgwick, pelo que diziam, sabia muito bem se cuidar sozinha.

Miss Marple suspirou, comeu seu almoço e preparou-se para ir à papelaria.

A curiosidade, ou como ela preferia dizer, "interesse" pelos assuntos dos outros, era uma das características de Miss Marple.

Deixando de propósito as luvas em cima da mesa, levantou-se e foi até o caixa, passando perto da mesa de lady Sedgwick. Depois de pagar a conta, "deu por falta" das luvas e voltou para pegá-las, deixando, infelizmente, cair a bolsa no caminho. A bolsa abriu-se, espalhando um monte de objetos no chão. Uma garçonete correu para ajudá-la a apanhar o que caíra, e Miss Marple viu-se obrigada a demonstrar grandes tremuras, derrubando moedas e chaves pela segunda vez.

Não conseguiu muito com esses subterfúgios, mas eles não foram totalmente em vão – e o interessante é que nenhum dos dois alvos de sua curiosidade dedicou sequer um olhar à velha estabanada que derrubava coisas.

Enquanto esperava o elevador, Miss Marple recordava trechos da conversa que ouvira:

– *E a previsão do tempo?*

– *Tudo bem. Não haverá nevoeiro.*

– *Tudo preparado para Lucerna?*

– *Sim. O avião sai às 9h40.*

Isso foi tudo o que conseguiu ouvir da primeira vez. No caminho de volta, ouviu mais.

Bess Sedgwick falava com raiva:

– *Por que é que você foi ao Bertram ontem? Você não deveria nem passar perto.*

– *Não aconteceu nada. Só perguntei se você estava hospedada lá. E todo mundo sabe que somos amigos íntimos...*

– *A questão não é essa. O Bertram serve para mim, mas não para você. Você chama atenção lá. Todo mundo fica olhando.*

– *Que olhem!*

– *Você é um idiota mesmo. Por quê? Que motivo você tinha? Você tinha um motivo. Eu conheço você.*

– *Calma, Bess.*

– *Seu mentiroso!*

Isso foi tudo o que Miss Marple conseguiu escutar, o que lhe pareceu muito interessante.

Capítulo 7

Na noite de 19 de novembro, o cônego Pennyfather terminara de jantar no Athenaeum mais cedo, cumprimentara um ou dois amigos de longe, tivera uma discussão acalorada, mas agradável, sobre alguns pontos cruciais a respeito da data dos Manuscritos do Mar Morto e agora, consultando o relógio, viu que precisava ir, para não perder o avião para Lucerna. Quando atravessava o saguão, foi saudado por mais um amigo: o dr. Whittaker, da S.O.A.S.

– Como vai, Pennyfather? Faz tempo que não o vejo. Como foi no congresso? Algum tema interessante?

– Tenho certeza de que haverá.

– O senhor acabou de voltar de lá, não?

– Não, não. Estou indo para lá. Vou pegar o avião hoje à noite.

– Ah, compreendo – disse Whittaker, levemente desconcertado. – Não sei por que achei que o congresso era hoje.

– Não, não. Será amanhã, dia 19 de novembro.

O cônego Pennyfather já saía pela porta quando seu amigo, seguindo-o com o olhar, disse:

– Mas, meu caro, dia 19 de novembro é *hoje*, não?

O cônego Pennyfather, porém, já não estava ao alcance da voz do outro. Pegou um táxi em Pall Mall e foi para o terminal aéreo de Kensington. Havia muita gente lá essa noite. Apresentando-se no balcão, finalmente chegou sua vez. Mostrou a passagem, o passaporte e outras coisas necessárias para a viagem. A moça do balcão, que já ia carimbar as credenciais, parou abruptamente.

– Desculpe-me, senhor, mas parece que a passagem está errada.

– Errada? Não. Está certa. Voo cento e... não leio direito sem os óculos... cento e alguma coisa, para Lucerna.

– O problema é a data, senhor. Esta passagem é do dia 18 de novembro, quarta-feira.

– Não, não. Quer dizer... hoje é quarta-feira, dia 18.

– Desculpe-me, senhor, mas hoje é dia 19.

– Dia 19? – O cônego ficou desolado. Pegou uma pequena agenda do bolso e virou as páginas, ansioso. No final, foi obrigado a concordar. Hoje era dia 19 de mesmo. O avião que ele deveria ter pegado partira na véspera. – Isso significa... Meu Deus! Isso significa que o congresso de Lucerna aconteceu *hoje*!

Ficou olhando para o balcão, consternado. Mas, como havia muitas outras pessoas viajando, o cônego e suas perplexidades foram postos de lado. Ele continuou ali, desalentado, segurando a passagem inútil. Pensou em diversas possibilidades. Será que poderia trocar a passagem? Mas não adiantaria. Que horas eram agora? Quase nove da noite? O congresso já se realizara. Começara às dez da manhã. Claro, foi isso o que Whittaker dizia no Athenaeum. Achava que o cônego Pennyfather já tinha voltado do congresso.

"Meu Deus", pensava o cônego Pennyfather, "que confusão que eu fiz!". Saiu andando triste e calado pela Cromwell Road, uma rua não muito alegre, mesmo nos seus melhores dias.

Caminhava lentamente, carregando sua mala e revolvendo perplexidades na mente. Depois de examinar as diversas razões que o levaram àquele engano, sacudiu a cabeça na maior tristeza.

"Agora", pensou, "já passam das nove. É melhor eu comer alguma coisa".

O curioso é que ele não estava com fome.

Andando desconsolado pela Cromwell Road, escolheu finalmente um pequeno restaurante que servia pratos indianos preparados com curry. Pareceu-lhe que, embora não sentisse a fome que deveria sentir, seria melhor fortalecer-se com uma boa refeição. Depois, tinha que encontrar um hotel e... não. Não precisava. Ele já tinha um hotel! Estava hospedado no Bertram. E reservara um quarto por quatro dias. Que sorte! Então, o quarto dele estava lá, esperando por ele. Era só pedir a chave na recepção e... outra reminiscência o assaltou. O que era aquilo pesado no seu bolso?

Enfiou a mão no bolso e pegou uma dessas chaves grandes e sólidas que os hotéis usam para que os hóspedes mais distraídos não as carreguem no bolso. No caso do cônego Pennyfather, não adiantou.

– Número 19 – disse o cônego, feliz de reconhecê-la.
– Isso mesmo. Que bom que eu não fui procurar outro hotel. Dizem que está tudo cheio agora. Sim, o Edmunds estava dizendo isso no Athenaeum essa noite. Que teve uma dificuldade enorme para achar um quarto.

Mais satisfeito consigo próprio e com o cuidado que tivera em relação aos preparativos da viagem, reservando um hotel com antecedência, o cônego abandonou o prato indiano, lembrou-se de pagar a conta e saiu novamente à Cromwell Road.

Uma pena voltar para o hotel assim, quando deveria estar jantando em Lucerna, conversando sobre inúmeros e fascinantes problemas. A fachada de um cinema chamou-lhe a atenção.

As Muralhas de Jericó.

Um título bastante adequado. Seria interessante ver se o filme era fiel à Bíblia. O cônego Pennyfather comprou a entrada e entrou, tateante, na escuridão. Gostou do filme, embora lhe parecesse que não tinha nenhuma relação com a história bíblica. Até Josué tinha ficado de fora. As muralhas de Jericó pareciam uma maneira simbólica de aludir aos compromissos matrimoniais de certa moça. Depois que as muralhas caíram diversas vezes, a bela estrela encontrou o sério e circunspecto herói a quem amara secretamente o tempo todo, e, juntos, os dois se propuseram a erguer as muralhas de modo a que resistissem ao teste do tempo. Não era um filme feito particularmente para atrair o interesse de um velho clérigo, mas o cônego Pennyfather gostou bastante. Não era o tipo de filme que costumava assistir, e ele sentiu que estava ampliando seus conhecimentos sobre a vida. O filme terminou, as luzes se acenderam, o Hino Nacional foi executado e o cônego Pennyfather saiu às luzes de Londres, ligeiramente consolado da tristeza que lhe causaram os acontecimentos do início da noite.

Era uma noite agradável, e o cônego Pennyfather decidiu voltar a pé para o Hotel Bertram, depois de ter pegado, por engano, um ônibus que o levou no sentido oposto. Chegou ao Hotel Bertram à meia-noite, e o hotel a essa hora costuma ter uma aparência decorosa, com todo mundo dormindo. Como o elevador estava num andar acima, o cônego resolveu subir de escada. Chegou no quarto, enfiou a chave na fechadura, abriu a porta e entrou!

Minha nossa, ele estava vendo coisas? Mas quem...? Como...? Viu tarde demais o braço levantado.

Estrelas lhe explodiram na cabeça, como fogos de artifício.

Capítulo 8

I

O trem do correio irlandês atravessava a noite. Ou, mais precisamente, a escuridão da alvorada.

Em intervalos, a locomotiva a diesel soltava seu uivo de advertência. Viajava a mais de cento e vinte quilômetros por hora. Estava dentro do horário.

De repente, a marcha diminuiu com uma freada. As rodas gritaram, agarrando-se aos trilhos de metal. Mais devagar... mais devagar... O guarda colocou a cabeça para fora da janela, avistando o sinal vermelho à frente. O trem parou. Alguns passageiros acordaram. A maioria não.

Uma senhora idosa, alarmada pela desaceleração repentina, abriu a porta e espiou o corredor. Um pouco além, uma das portas que davam para a linha estava aberta. Um clérigo de idade, com um emaranhado espesso de cabelo branco, subia os degraus, vindo da via permanente. A senhora presumiu que ele havia descido até a linha para descobrir o que havia acontecido. O ar da manhã estava especialmente frio. Alguém no fundo do corredor anunciou:

– Foi só o sinal.

A senhora idosa voltou à cabine e procurou dormir novamente.

Mais à frente, na linha, um sujeito balançando uma lanterna correu da guarita de sinalização para o trem. O foguista desceu da locomotiva. O guarda que havia saltado do trem aproximou-se dele. O homem da lanterna chegou, sem fôlego, e falou:

– Uma batida feia lá na frente... Um trem de carga descarrilhou...

O maquinista olhou da sua cabina e desceu, reunindo-se aos outros.

Na parte de trás do trem, seis homens haviam acabado de subir a escarpa, embarcaram no trem por uma porta que lhes fora deixada aberta no último vagão. Seis passageiros, que vieram de diferentes vagões, os encontraram. Com rapidez bem ensaiada, eles trataram de tomar conta do vagão postal, isolando-o do resto da composição. Dois homens encapuzados guardavam a frente e a traseira do compartimento, com cassetetes na mão.

Um homem com uniforme da estrada de ferro passou pelo corredor do trem parado dando explicações a quem pedia.

– A linha está bloqueada à frente. Calculamos uma demora de dez minutos, não muito mais que isso.

Falava com tranquilidade e simpatia.

Perto da locomotiva, o foguista e o maquinista estavam amarrados e amordaçados. O homem da lanterna gritou:

– Tudo certo aqui.

Na encosta, o guarda também estava igualmente amarrado e amordaçado.

Os arrombadores experientes haviam feito seu trabalho no vagão postal. Mais dois corpos amarrados jaziam no chão. As malas postais especiais foram atiradas na encosta, onde outros homens as esperavam.

Nas cabines, os passageiros reclamavam que as estradas de ferro não eram mais como antigamente.

Então, quando todos já se acomodavam novamente para dormir, o ronco de um cano de escape varou a escuridão.

– Minha nossa – murmurou uma mulher. – Será um avião a jato?

– Está mais para carro de corrida.

O ronco foi diminuindo...

II

Na rodovia de Bedhampton, a quinze quilômetros de distância, uma carreata noturna de caminhões avançava lentamente em direção ao norte. Um grande carro de corrida branco passou disparado por eles.

Dez minutos depois, o carro saiu da rodovia.

A garagem, na esquina da estrada B, tinha uma placa: FECHADO. Mas as grandes portas abriram-se, o carro branco entrou e as portas tornaram a fechar-se. Três homens trabalhavam na velocidade da luz. Um novo jogo de placas foi colocado. O motorista trocou o boné e o casaco. Antes, vestia um casaco branco de pele de carneiro. Agora, usava couro preto. Saiu de carro outra vez. Três minutos depois, um antigo Morris Oxford, dirigido por um clérigo, apareceu pipocando na estrada e embrenhou-se por caminhos rurais, cheios de curvas e desvios.

Uma caminhonete, que circulava por uma estrada de terra, diminuiu a velocidade ao encontrar um antigo Morris Oxford parado perto da cerca, com um senhor idoso de pé ao lado.

O motorista da caminhonete pôs a cabeça para fora:

– Algum problema? Posso ajudar?

– Muita bondade sua. São os faróis.

Os dois motoristas aproximaram-se. Escutaram.

– Barra limpa.

Várias maletas caras, de estilo americano, foram transferidas do Morris Oxford para a caminhonete.

A uns dois, três quilômetros dali, a caminhonete seguiu por uma trilha inóspita com acesso a uma opulenta mansão. No que havia sido um estábulo, estava estacionado um grande Mercedes branco. O motorista da caminhonete abriu o bagageiro do Mercedes, transferiu as maletas para lá e foi embora.

Numa granja próxima, um galo cantava alto.

Capítulo 9

I

Elvira Blake olhou para o céu, reparou que era uma linda manhã e entrou numa cabine telefônica. Discou o número de Bridget na Onslow Square.

– Alô, Bridget? – disse, feliz que atenderam.

– Oh, Elvira, é você? – Bridget parecia agitada, a julgar pela voz.

– Sim. Está tudo bem? Deu tudo certo?

– Não. Está tudo péssimo. Sua prima, a sra. Melford, ligou para a minha mãe ontem à tarde.

– Para perguntar de mim?

– Sim. Achei que tivesse me saído bem quando liguei para ela na hora do almoço. Mas ela ficou preocupada com os seus dentes. Pensou que você estivesse com alguma coisa séria, um abscesso, ou algo do tipo. Por isso, resolveu ligar para o dentista e descobriu, claro, que você nem tinha ido lá. Aí, ligou para a minha mãe, e, por azar, ela estava ao lado do telefone nesse momento, e eu não consegui atender primeiro. Minha mãe disse que não sabia de nada, mas que você não estava aqui em casa. Fiquei sem saber o que fazer.

– E o que você fez?

– Fingi que não sabia de nada. Disse que me lembrava de ter ouvido você dizer que talvez fosse ver uns amigos em Wimbledon.

– Por que Wimbledon?

– Foi o primeiro lugar que me veio à cabeça.

Elvira suspirou.

– Bom, vou ter que inventar alguma coisa. Talvez uma antiga governanta que more em Wimbledon. Toda essa preocupação atrapalha tudo. Espero que a prima Mildred não tenha feito a besteira de ligar para a polícia.

– Você está indo para lá agora?

– Não. Só à noite. Ainda tenho várias coisas para fazer.

– Tudo certo na Irlanda?

– Descobri o que queria saber.

– Você parece meio decepcionada.

– Estou decepcionada mesmo.

– Posso ajudar, Elvira? Posso fazer alguma coisa?

– Na verdade, ninguém pode me ajudar... É algo que preciso fazer sozinha. Eu esperava que uma determinada coisa não fosse verdade, mas *é* verdade. E eu não sei direito o que fazer.

– Elvira, você está correndo perigo?

– Não seja melodramática, Bridget. Só preciso ter cuidado. Muito cuidado.

– Então você *está* correndo perigo.

Elvira disse, depois de uma pausa:

– Talvez eu esteja apenas imaginando coisas.

– E o que você vai fazer com o bracelete?

– Isso é tranquilo. Consegui dinheiro com uma pessoa. Vou lá e... como é que se diz?... Resgato o bracelete. Depois, é só levar ao sr. Bollard.

– Acha que eles não vão reclamar de nada?... Não, mãe, é da lavanderia. Estão dizendo que nunca mandamos o lençol. Tudo bem, mãe, vou dizer isso para ela. Tudo certo, então.

Do outro lado da linha, Elvira riu e colocou o fone no gancho. Abriu a bolsa, tirou o dinheiro, contou as moedas de que precisava, arrumou-as à sua frente e preparou-se para fazer uma ligação. Quando achou o número que desejava, enfiou as moedas no telefone, apertou o botão A e falou, baixinho:

– Alô, prima Mildred? Sim, sou eu... Desculpe... Sim, eu sei... bem, eu ia... sim, foi a nossa querida Maddy, você conhece a nossa velha mademoiselle... sim, eu escrevi um cartão-postal, mas esqueci de colocar no correio. Ainda está no meu bolso... bom, ela estava doente, e como não havia ninguém para cuidar dela, resolvi vir aqui para ver como ela estava. Sim, eu *ia* para a casa da Bridget, mas isso mudou tudo... Não entendo o recado que recebeu. Alguém deve ter feito confusão... Sim, eu explico tudo quando voltar... sim, hoje à tarde. Não, vou só esperar a enfermeira que vem cuidar da Maddy... bem, não é uma enfermeira mesmo. É uma dessas pessoas que entendem de enfermagem... Não, ela não quer nem ouvir falar de hospital... Mil desculpas, prima Mildred. Me desculpe mesmo.

Elvira desligou e pensou, com um suspiro: "Seria tão bom se a gente não precisasse contar tantas mentiras!".

Ao sair da cabine telefônica, deparou-se com as manchetes dos jornais: GRANDE ASSALTO, TREM POSTAL IRLANDÊS ATACADO POR BANDIDOS.

II

O sr. Bollard atendia um cliente quando a porta da loja se abriu. Ergueu o olhar e viu entrar a honorável Elvira Blake.

– Não – disse ela a um empregado que veio atendê-la. – Prefiro esperar o sr. Bollard se desocupar.

Logo depois, o cliente do sr. Bollard despediu-se, e Elvira ocupou o lugar vago.

– Bom dia, sr. Bollard – disse.

– Sinto dizer que seu relógio ainda não ficou pronto, srta. Elvira – desculpou-se o sr. Bollard.

– Não vim pelo relógio – disse Elvira. – Vim pedir desculpas. Aconteceu uma coisa horrível. – Abriu a bolsa e pegou uma pequena caixa, da qual tirou um bracelete de safiras e brilhantes. – O senhor deve se lembrar de que, quando vim trazer o relógio para consertar, eu estava escolhendo umas coisas para o meu presente de Natal, e aconteceu um acidente na rua. Acho que alguém foi atropelado, ou quase. Eu devia estar com o bracelete na mão e, sem pensar, enfiei-o no bolso. Só descobri isso hoje de manhã. Então, vim correndo devolvê-lo. Sinto muito, sr. Bollard. Não sei como fui fazer uma coisa tão idiota.

– Ora, não tem problema, srta. Elvira – disse o sr. Bollard, sem se alterar.

– O senhor deve ter pensado que alguém roubou – disse Elvira.

Seus límpidos olhos azuis o encaravam.

– Havíamos realmente dado pela falta da joia – contou o sr. Bollard. – Muito obrigado, srta. Elvira, por devolvê-lo com tanta prontidão.

– Fiquei péssima quando descobri – mentiu Elvira. – Bem, muito obrigada, sr. Bollard, por ser tão compreensivo.

– Enganos acontecem – disse o sr. Bollard. sorrindo de maneira paternal. – Não vamos mais pensar nesse assunto. Mas não faça de novo. – Riu, com ar bonachão.

– Claro que não – garantiu Elvira. – Vou tomar muito cuidado daqui para a frente.

Sorriu, virou-se e saiu da loja.

– Agora, eu só queria saber... – disse o sr. Bollard, pensativo.

Um dos sócios, que estava perto, aproximou-se ainda mais.

– Então foi ela que pegou? – perguntou ele.

– Sim. Foi ela – respondeu o sr. Bollard.

– Mas devolveu – observou o sócio.

– Devolveu – concordou o sr. Bollard. – Por essa eu não esperava.

– Não esperava que ela devolvesse a joia?

– Não, tendo ela mesma levado o bracelete.

– Acha que a história dela é verdadeira? – perguntou o sócio, curioso. – Que ela enfiou a joia no bolso sem querer?

– É possível – admitiu Bollard, pensativo.

– Pode ser cleptomania – sugeriu o sócio.

– Pode ser cleptomania – repetiu Bollard. – O mais provável é que ela tenha pegado de propósito... Mas, nesse caso, por que é que devolveu tão depressa? Estranho...

– Bom que não avisamos a polícia. Confesso que tive vontade de avisar.

– Eu sei, eu sei. Você não tem tanta experiência quanto eu. Nesse caso, foi melhor não termos avisado. – O sr. Bollard acrescentou baixinho, só para si: – Mas a coisa é interessante. Muito interessante. Quantos anos ela deve ter? Dezessete? Dezoito? Talvez tenha se mentido em alguma enrascada.

– Achei que você tivesse dito que ela nadava em dinheiro.

– Ela pode ser uma herdeira e nadar em dinheiro – disse Bollard –, mas aos dezessete anos nem sempre se consegue colocar a mão na grana. O engraçado é que as herdeiras costumam andar com menos dinheiro do que as mulheres menos endinheiradas, o que nem sempre é uma boa ideia. Bom, acho que nunca saberemos a verdade.

Pôs o bracelete de volta no mostruário e fechou a tampa.

Capítulo 10

Os escritórios de Egerton, Forbes & Wilborough ficavam em Bloomsbury, numa daquelas praças imponentes, que ainda não foram atingidas pela modernidade. A placa de cobre estava tão gasta que se tornara praticamente ilegível. A firma funcionava há mais de cem anos, e boa parte da aristocracia rural da Inglaterra eram seus clientes. Não havia mais nenhum Forbes nem Wilborough na empresa. Só Atkinson, pai e filho, um Lloyd galês e um McAllister escocês. Mas ainda havia um Egerton, descendente do Egerton fundador. Esse Egerton era um homem de 52 anos, consultor de várias famílias, que, no seu tempo, haviam recorrido ao seu avô, seu tio e seu pai.

Nesse momento, ele estava sentado atrás de uma grande mesa de mogno em sua bela sala no primeiro andar, falando de modo gentil, mas firme, com um cliente desalentado. Richard Egerton era um homem bonito, alto, moreno, com manchas grisalhas no cabelo perto das têmporas e olhos verdes muito argutos. Seus conselhos eram sempre bons, mas ele não media palavras.

– Sinceramente, Freddie, você não tem em que se apoiar – dizia. – Não depois das cartas que escreveu.

– Você não acha... – murmurou Freddie, desconsolado.

– Não, não acho – interrompeu Egerton. – A única esperança é fazer um acordo fora do tribunal. Podem até dizer que você é passível de acusação criminal.

– Oh, mas isso seria levar as coisas longe demais, Richard.

Ouviu-se uma discreta campainha na mesa de Egerton, que pegou o fone, com a testa franzida.

– Não avisei que não queria ser incomodado?

Houve um murmúrio do outro lado.

– Ah, sim. Entendo. Peça a ela que espere, por favor.

Colocou o fone no gancho e dirigiu-se novamente a seu cliente infeliz.

– Olhe, Freddie, eu conheço a lei, e você não. Você se meteu numa encrenca. Farei o possível para tirá-lo disso, mas vai lhe custar um bom dinheiro. Duvido que eles aceitem um acordo por menos de doze mil.

– Doze mil! – exclamou Freddie, desolado. – Eu não tenho esse dinheiro todo, Richard!

– Bom, você vai ter que arranjar. Sempre há um jeito. Já vai ser muita sorte se ela aceitar por doze mil. Se você for a juízo, poderá gastar muito mais.

– Vocês advogados! São todos uns tubarões. Isso é o que vocês são!

Freddie levantou-se.

– Bom – disse –, faça o que puder por mim, meu camarada.

Partiu sacudindo a cabeça, com tristeza. Richard Egerton procurou não pensar mais em Freddie e seu assunto para focar na próxima cliente. Disse, baixinho:

– A honorável Elvira Blake. Como será que ela está hoje em dia?

Levantou o fone:

– Lorde Frederick já foi. Pode pedir para a srta. Blake entrar, por favor.

Enquanto esperava, fez alguns cálculos no mata-borrão da mesa. Fazia quantos anos desde...? Ela devia estar com quinze... dezessete... talvez mais do que isso. O tempo passou tão rápido! "Filha de Coniston", pensou, "e filha de Bess. A qual dos dois terá puxado?"

A porta abriu-se, o escriturário anunciou a srta. Elvira Blake, e a menina entrou na sala. Egerton levantou-se da cadeira e foi cumprimentá-la. Fisicamente, pensou, não parecia nem com o pai nem com a mãe. Alta, magra, muito loira, tinha a tez de Bess, mas sem a sua vitalidade, com um ar antiquado. Embora fosse difícil afirmar isso, já que a moda, no momento, era de babados e espartilhos.

— Ora, ora – disse Egerton, apertando a mão de Elvira. – Que surpresa! Na última vez que a vi, você tinha onze anos. Venha. Sente-se – disse, puxando uma cadeira. Elvira se sentou.

— Eu deveria ter escrito antes – disse ela –, para marcar um horário. Mas decidi de última hora e queria aproveitar a oportunidade, já que estou em Londres.

— E o que você está fazendo em Londres?

— Um tratamento dentário.

— Coisa chata, dentes – disse Egerton. – Causam-nos problemas do berço ao túmulo. Mas agradeço aos seus dentes, que me dão a oportunidade de vê-la. Vejamos: você esteve na Itália, não? Terminando seus estudos num desses lugares para onde todas as moças vão hoje em dia.

— Sim – respondeu Elvira. – Na casa da Contessa Martinelli. Mas saí de lá de vez. Estou morando com os Melford, em Kent, até decidir o que quero fazer.

— Bom, espero que você encontre alguma coisa de que goste. Não pensa em fazer uma faculdade?

— Não. Não me acho inteligente o suficiente para isso – respondeu Elvira. Fez uma pausa e continuou: – Creio que preciso do *seu* consentimento para qualquer coisa que eu deseje fazer, não?

Egerton olhou-a com interesse.

— Sou um dos seus tutores e curadores, de acordo com o testamento do seu pai. Portanto, você tem todo o direito de me procurar quando quiser.

– Obrigada – disse Elvira, educadamente.

Egerton perguntou:

– Você está preocupada com alguma coisa?

– Na verdade, não. Mas é que eu não *sei* de nada. Ninguém nunca me falou a respeito. E às vezes é chato perguntar.

Ele olhou-a com atenção.

– Coisas sobre você?

– Sim – respondeu Elvira. – Que bom que o senhor entende. O tio Derek... – ela hesitou.

– Derek Luscombe?

– Sim. Sempre o chamei de tio.

– Sei.

– Ele é muito gentil – continuou Elvira –, mas não me diz nada. Só planeja as coisas, temendo que elas não sejam do meu agrado. Evidentemente, ele ouve a opinião de muitas pessoas. Mulheres que lhe dizem o que fazer. Como a Contessa Martinelli. Ele é quem providencia meus estudos em escolas de aperfeiçoamento, por exemplo.

– E não era para onde você queria ir?

– Eu não disse isso. Os lugares são bons. Quer dizer, é para onde todo mundo vai.

– Sei.

– Mas não sei nada sobre *mim*, ou seja, se eu tenho algum dinheiro, quanto e o que eu posso fazer com ele, se quisesse.

– Na verdade – disse Egerton, com seu sorriso atraente –, você quer falar de negócios. Certo? Bom, acho que você tem toda a razão. Vejamos: quantos anos você tem? Dezesseis? Dezessete?

– Quase vinte.

– Meu Deus! Não imaginava.

– Está vendo? – explicou Elvira. – Sinto-me o tempo todo amparada e protegida, o que é bom em certo sentido, mas às vezes irrita.

– É uma conduta ultrapassada – concordou Egerton –, mas vejo claramente que agrada a Derek Luscombe.

– Ele é um anjo – disse Elvira –, mas às vezes é muito difícil conversar seriamente com ele.

– Sim, imagino. Bem, o que você sabe sobre você, Elvira? Sobre sua família?

– Sei que meu pai morreu quando eu tinha cinco anos e que minha mãe o abandonou por outro quando eu tinha dois anos. Não me lembro de nada sobre ela, e me lembro muito pouco do meu pai. Lembro que era muito velho e vivia com a perna em cima da cadeira. Costumava praguejar, e aquilo me assustava bastante. Quando ele morreu, fui morar primeiro com uma tia, uma prima ou alguma parente do meu pai, até que *ela* morreu, e aí eu fui morar com o tio Derek e a irmã dele. Mas aí ela morreu, e eu fui para a Itália. O tio Derek combinou agora que eu fosse morar com os Melford, que são primos dele, muito amáveis, e têm duas filhas mais ou menos da minha idade.

– Você está feliz lá?

– Não sei ainda. Mal cheguei. São todos muito chatos. O que eu queria saber é quanto dinheiro eu tenho.

– O que você quer são informações financeiras.

– Sim – disse Elvira. – Sei que tenho *algum* dinheiro. É muito?

Egerton ficou sério.

– Sim. Você tem muito dinheiro. Seu pai era um homem muito rico. Você era a única filha dele. Quando ele morreu, o direito de propriedade e alguns bens foram para um primo. Como ele não gostava do primo, deixou todos os bens pessoais, que eram consideráveis, para a filha, no caso, você. Você é muito rica, Elvira, ou será, quando fizer 21 anos.

– Quer dizer que não sou rica *agora*?

– Não é isso – respondeu Egerton. – Você é rica agora, mas só terá acesso ao dinheiro quando estiver com 21 anos ou se casar. Até lá, o dinheiro ficará nas mãos de seus curadores, Luscombe, eu e uma outra pessoa. – Sorriu para ela. – Pode ficar tranquila que não desviamos o seu dinheiro. Ele ainda está lá, guardadinho. Aliás, até aumentamos seu capital com investimentos.

– Quanto terei acesso a isso?

– Aos 21 anos, ou quando casar, receberá uma quantia estimada em seiscentas ou setecentas mil libras.

– É um dinheirão – exclamou Elvira, impressionada.

– Sim, é muito dinheiro. Talvez por isso mesmo ninguém tenha lhe falado a respeito.

Egerton ficou observando a moça enquanto ela refletia no que acabara de ouvir. Uma menina muito interessante, pensava ele. Parecia uma garota fraca, sem opinião própria, mas não era nada disso.

– É suficiente para você? – perguntou Egerton, com um sorriso irônico.

– Deve ser, não? – respondeu ela, sorrindo também.

– Melhor do que ganhar na loteria.

Ela concordou com a cabeça, mas pensava em outra coisa.

– Quem ficaria com o dinheiro se eu morresse? – perguntou, abruptamente.

– Atualmente, iria para o seu parente mais próximo.

– Não posso fazer um testamento agora, posso? Só com 21 anos, me disseram.

– É verdade.

– Isso é chato. Se eu fosse casada e morresse, meu marido herdaria o dinheiro, não?

– Sim.

– E se eu não fosse casada, minha mãe seria a parente mais próxima e herdaria tudo. Na verdade, parece que tenho poucos parentes. Nem conheço minha mãe direito. Como ela é?

– Uma mulher notável – disse Egerton, sem falar muito. – É o que todos diriam.

– Alguma vez ela *quis* me ver?

– Talvez sim... É bem provável que sim. Mas com a vida bagunçada que levou, deve ter achado melhor que você fosse criada longe dela.

– O senhor tem *certeza* de que ela pensa isso?

– Não. Não tenho como garantir.

Elvira levantou-se.

– Obrigada – disse. – Muita gentileza sua me contar tudo o que contou.

– Acho que talvez tivesse sido melhor se lhe contassem sobre isso antes – disse Egerton.

– É humilhante *não* saber das coisas – disse Elvira. – O tio Derek, claro, acha que ainda sou *criança.*

– Bom, ele também não é nenhum garoto. Já estamos ficando velhos. Você precisa nos dar um desconto.

Elvira encarou-o por alguns instantes.

– Mas *o senhor* não acha que realmente sou uma criança, acha? – perguntou ela, com astúcia, acrescentando: – Espero que o senhor entenda mais de moças do que o tio Derek. Ele só conhece a irmã, com quem sempre morou. – Estendeu a mão e disse, com graça: – Muito obrigada. Espero não ter interrompido algum trabalho importante. – E saiu.

Egerton ficou de pé olhando para a porta que se fechara atrás de Elvira. Apertou os lábios, assobiou baixinho, sacudiu a cabeça e voltou a sentar-se. Pegou uma caneta e ficou tamborilando na mesa, pensativo. Puxou uns papéis, afastou-os e tirou o fone do gancho.

– Srta. Cordell, ligue para o coronel Luscombe, por favor. Tente primeiro o clube. Depois, o endereço de Shropshire.

Largou o fone, voltou a puxar os papéis e começou a ler, mas sua cabeça estava longe. Logo em seguida, a campainha do telefone soou.

– Coronel Luscombe na linha, sr. Egerton.

– Ótimo. Pode passar. Alô, Derek? É o Richard Egerton. Como vai? Acabei de receber a visita de uma pessoa que você conhece. Sua pupila.

– Elvira? – Derek Luscombe parecia perplexo.

– Sim.

– Mas por que ela foi lhe procurar? Algum problema?

– Não. Pelo contrário, ela me pareceu bastante... satisfeita. Queria saber sobre sua situação financeira.

– Espero que você não tenha dito a ela – disse o coronel Luscombe, alarmado.

– Por que não? Qual o motivo do segredo?

– Bom, parece-me um pouco imprudente uma menina saber que vai receber tanto dinheiro.

– Se não disséssemos, alguém lhe diria. Ela precisa estar preparada. Dinheiro é responsabilidade.

– Sim, mas ela ainda é muito novinha.

– Tem certeza disso?

– Como assim? Ela é uma criança.

– Eu não diria isso. Quem é o namorado?

– Como?

– Eu perguntei quem é o namorado. Porque deve haver um namorado nessa história, não?

– Não. Não há. Mas por que você pensou isso?

– Não foi por nada que ela disse. Mas eu tenho experiência. Acho que você acabará descobrindo que existe um namorado.

– Pois posso lhe garantir que você está redondamente enganado. Ela foi criada com todo o cuidado, estudou em escolas bem rígidas, frequentou uma excelente escola de aperfeiçoamento na Itália. Eu saberia se houvesse alguma coisa. Talvez ela tenha conhecido um ou dois rapazes interessantes, mas tenho certeza de que não foi além disso, como você sugere.

– Bem, meu diagnóstico é um namorado, e provavelmente um indesejável.

– Mas por que, Richard? Por quê? O que você sabe sobre meninas?

– Muita coisa – respondeu Egerton, secamente. – Tive três clientes no ano passado. Duas foram declaradas pupilas do Estado, e a terceira conseguiu que os pais consentissem num casamento fadado ao insucesso. As meninas não são mais vigiadas como antigamente. Nas atuais condições, é dificílimo tomar conta delas...

– Mas eu lhe garanto que Elvira teve toda a atenção de que precisava.

– A esperteza das jovens supera qualquer conjectura! Fique de olho nela, Derek. Procure saber o que ela anda fazendo.

– Você está exagerando. Ela é só uma menina simples e meiga.

– O que você sabe sobre meninas simples e meigas daria para completar um álbum! A mãe dela fugiu e causou um escândalo, lembra? Quando era mais nova do que a Elvira é hoje. Quanto ao velho Coniston, foi um dos maiores libertinos da Inglaterra.

– Você me preocupa, Richard. De verdade.

– É bom que você esteja avisado. Não gostei muito de uma das perguntas que ela fez. Por que ela está tão preocupada em saber quem herdará o dinheiro se ela morrer?

– Estranho você me falar isso, porque ela me perguntou a mesma coisa.

– É mesmo? Por que será que ela pensa numa morte prematura? A propósito, ela me perguntou sobre a mãe.

– Seria bom que a Bess entrasse em contato com a filha – disse o coronel Luscombe, em tom grave.

– Você comentou com ela a respeito? Com a Bess, digo.

– Sim, comentei. Encontrei-me com ela por acaso. Estávamos hospedados no mesmo hotel. Insisti que ela desse algum jeito de ver a menina.

– E o que ela disse? – perguntou Egerton, com curiosidade.

– Recusou-se terminantemente. Disse que não era bom a filha conhecer uma pessoa como ela. Que não era seguro.

– Sob certo ponto de vista, eu até concordo – disse Egerton. – Ela está envolvida com aquele piloto, não está?

– Ouvi boatos.

– Pois é. Eu também ouvi. Não sei se há alguma verdade neles. Suponho que sim. Talvez por isso ela tenha dito aquilo. A Bess arranja cada amigo! Mas é uma mulher incrível, não acha, Derek? Que mulher!

– Sempre foi a maior inimiga de si mesma – resmungou Derek Luscombe.

– Uma boa observação – disse Egerton. – Bom, desculpe o incômodo, Derek, mas fique atento com os fatores indesejáveis. Depois não diga que não avisei.

Recolocou o fone no gancho e puxou os papéis para si novamente. Dessa vez, conseguiu se concentrar totalmente no que estava fazendo.

Capítulo 11

A sra. McCrae, a governanta do cônego Pennyfather, havia encomendado um linguado de Dover para a noite de sua volta. As vantagens de um bom linguado de Dover eram muitas. Não precisava ser posto na grelha ou na frigideira até o cônego chegar. Poderia ser guardado para o dia seguinte, se necessário. O cônego Pennyfather adorava linguado de Dover. E se recebesse uma ligação ou um telegrama avisando que o cônego passaria a noite em outro lugar, a sra. McCrae também gostava muito daquele tipo de peixe. Ou seja, estava tudo em ordem para o retorno do cônego. O linguado de Dover seria acompanhado de panquecas. O peixe jazia sobre a mesa da cozinha, e a batedeira das panquecas já estava na tigela. Tudo preparado. O metal brilhava, a prata cintilava, sem nenhum sinal de poeira em lugar algum. Só faltava uma coisa: o cônego.

O cônego deveria chegar no trem das seis e meia da noite, vindo de Londres.

Às sete horas ele ainda não tinha voltado. O trem deveria estar atrasado. Às sete e meia, nada. A sra. McCrae soltou um suspiro de aborrecimento. Desconfiava que a história se repetiria, como sempre. O relógio marcava oito horas, e nada do cônego. A sra. McCrae respirou fundo. Em breve, deveria receber um telefonema, embora fosse possível que não houvesse sequer um telefonema. Ele poderia ter escrito. Com certeza escreveu, mas provavelmente se esquecera de postar a carta.

– Ai, meu pai! – exclamou a sra. McCrae.

Às nove horas, ela preparou três panquecas na batedeira. O linguado havia sido guardado cuidadosamente na geladeira. "Onde andará metido?", perguntava-se. Sabia, por experiência, que ele poderia estar em qualquer lugar. Era provável que descobrisse o engano a tempo de telegrafar ou telefonar antes que ela se recolhesse. "Vou esperar até as onze horas, depois vou me deitar", pensou a sra. McCrae. Ela costumava ir para a cama às dez e meia, mas considerou seu dever esperar até as onze. Se até as onze horas não houvesse nenhuma notícia do patrão, a sra. McCrae trancaria a casa e iria dormir.

Não se pode dizer que ela estivesse preocupada. Esse tipo de coisa já tinha acontecido antes. Não havia nada a fazer a não ser esperar por alguma notícia. As possibilidades eram inúmeras. O cônego Pennyfather poderia ter pegado o trem errado e só descoberto o engano em Land's End ou John o' Groats; talvez estivesse ainda em Londres, tendo se enganado em relação à data, convencido de que voltaria só no dia seguinte; poderia ter encontrado algum amigo ou amigos no congresso e decidido passar o fim de semana lá, tencionara informar a governanta, mas esquecera-se completamente. Por isso, como já foi dito, ela não estava preocupada. Em dois dias, o grande amigo do cônego, o arcediago Simmons, viria hospedar-se com ele. Desse tipo de coisa o cônego Pennyfather não esquecia, de modo que ele chegaria ou enviaria um telegrama ou uma carta antes.

Na manhã do dia seguinte, contudo, não chegou nenhuma notícia do cônego. Pela primeira vez, a sra. McCrae começou a ficar aflita. Entre as nove horas da manhã até a uma da tarde, ficou olhando para o telefone, hesitante. Tinha suas próprias ideias sobre o aparelho. Usava e reconhecia sua utilidade, mas não gostava dele. Parte das compras, fazia pelo telefone, mas preferia ir ao mercado, devido à firme convicção de que se não visse o que estava comprando, o vendedor certamente a roubaria. Ainda assim, o telefone era um objeto útil para se ter em casa. De vez em quando, ligava para as amigas e parentes da vizinhança, embora fosse raro. Odiava fazer uma chamada de longa distância, ou para Londres. Era um desperdício de dinheiro. Mas, agora, cogitava enfrentar o problema.

Finalmente, quando amanheceu mais um dia sem notícias do cônego, a sra. McCrae decidiu agir. Sabia onde o patrão estava hospedado em Londres. Hotel Bertram, um belo hotel à moda antiga. Poderia ligar e fazer perguntas. Provavelmente saberiam onde estava o cônego. Não se tratava de um hotel qualquer. Pediria para falar com a srta. Gorringe. A srta. Gorringe sempre era eficiente e atenciosa. É claro que o cônego poderia ter pegado o trem ao meio-dia e meia. Nesse caso, chegaria em casa a qualquer momento.

Mas os minutos passavam, e nada do cônego. A sra. McCrae respirou fundo, tomou coragem e pediu ligação para Londres. Esperou, mordendo os lábios, com o fone apertado na orelha.

– Hotel Bertram, pois não? – disse uma voz.

– Por favor, eu gostaria de falar com a srta. Gorringe – disse a sra. McCrae.

– Um momento. Quem gostaria?

– É a governanta do cônego Pennyfather, sra. McCrae.

– Um momento, por favor.

Logo, a voz calma e eficiente da srta. Gorringe se fez ouvir.

– Alô. Aqui é a srta. Gorringe. É a governanta do cônego Pennyfather?

– Isso. Sra. McCrae.

– Ah, sim. Claro. Como posso ajudá-la, sra. Mc-Crae?

– O cônego Pennyfather ainda está hospedado no hotel?

– Que bom que a senhora ligou – disse a srta. Gorringe. – Estávamos bastante preocupados, sem saber direito o que fazer.

– Aconteceu alguma coisa com o cônego Pennyfather? Ele sofreu algum acidente?

– Não, nada disso. Mas esperávamos que ele voltasse de Lucerna na sexta ou no sábado.

– Era isso mesmo.

– Mas ele não voltou. Bom, na verdade, isso não é nenhuma surpresa. Ele tinha reservado o quarto com antecedência. Tinha reservado até ontem. Mas ele não voltou, nem avisou nada. As coisas dele ainda estão aqui. A maior parte da bagagem. Não sabíamos direito o que fazer. – A srta. Gorringe continuou: – É claro que sabemos que o cônego é bastante esquecido às vezes.

– Tem toda a razão!

– O que dificulta um pouco a coisa para nós. Estamos completamente lotados. O quarto dele está reservado para outro hóspede. – Acrescentou: – A senhora não tem a mínima ideia de onde ele está?

Com amargura, a sra. McCrae respondeu:

– Esse homem pode estar em qualquer lugar! – Disse, então, mais contida: – Muito obrigada, srta. Gorringe.

– Se eu puder ajudar... – falou a srta. Gorringe, prestativa.

– Espero ter notícias em breve – disse a sra. McCrae. Ela agradeceu e desligou.

Ficou sentada perto do telefone, preocupada. Não temia pela segurança do cônego. Se ele tivesse sofrido um acidente, ela já teria sido avisada. Tinha certeza disso.

De um modo geral, o cônego não era do tipo propenso a acidentes. Era o que a sra. McCrae costumava chamar de "desligado", e parece que os desligados estão sempre sendo cuidados por uma providência especial. Mesmo sem prestar atenção, escapam incólumes a tudo. Não, a sra. McCrae não imaginava o cônego Pennyfather num leito de hospital. Ele estava *em algum lugar*, certamente batendo papo com algum amigo, de maneira despreocupada. Talvez ainda estivesse no exterior. O problema é que o arcediago Simmons ia chegar essa noite e esperava ser recebido pelo cônego. A sra. McCrae não tinha nem como avisar o arcediago Simmons, porque não sabia onde ele estava. Era uma situação complexa, mas, como a maioria das situações complexas, tinha o seu lado bom. E o lado bom era o próprio arcediago Simmons. Ele saberia o que fazer. Ela o deixaria resolver.

O arcediago Simmons era completamente diferente do cônego Pennyfather. Ele sabia para onde ia, o que estava fazendo, e tinha sempre certeza da coisa certa a fazer. Um clérigo confiante. Assim, quando o arcediago Simmons chegou e se deparou com as explicações, pedidos de desculpas e preocupações da sra. McCrae, mostrou-se como uma fortaleza. Não se alarmou.

– Não se preocupe, sra. McCrae – disse de modo afável, sentando-se à mesa para comer o que lhe havia sido preparado. – Vamos encontrar aquele distraído. Já ouviu aquela história sobre Chesterton? G.K. Chesterton, o escritor. Telegrafou para a esposa durante uma viagem de trabalho: "Estou na estação de Crewe. Onde eu deveria estar?".

O arcediago riu. A sra. McCrae sorriu, educadamente. Não achou graça, porque era exatamente o tipo de coisa que o cônego Pennyfather era capaz de fazer.

– Ah! – fez o arcediago Simmons, encantado. – Uma das suas deliciosas costeletas de vitela! A senhora é uma cozinheira maravilhosa, sra. McCrae. Espero que meu velho amigo a valorize.

Depois das costeletas de vitela foram servidos pudins com caldo de amoras pretas. A sra. McCrae lembrara-se de que esse era um dos doces preferidos do arcediago. Terminada a refeição, o bom homem pôs-se a rastrear o paradeiro de seu amigo desaparecido. Dirigiu-se ao telefone com tanta determinação e desapego pelos custos que a sra. McCrae apertou os lábios, aflita, embora não o condenasse, porque seu patrão realmente precisava ser encontrado.

Tendo primeiro cumprido o dever de se comunicar com a irmã do cônego, que pouco sabia das idas e vindas do irmão e, como sempre, não tinha a mínima ideia de onde ele pudesse estar, o arcediago ampliou o campo de pesquisa. Ligou novamente para o Hotel Bertram e obteve o máximo de detalhes possível. O cônego tinha saído de lá no anoitecer do dia 19. Levava uma bolsinha da BEA*, mas o resto da bagagem ficara no quarto, devidamente reservado por ele. O cônego mencionara que ia para um congresso em Lucerna. Não fora direto do hotel para o aeroporto. O porteiro, que o conhecia bem, pusera-o num táxi, direcionando-o, conforme sua solicitação, ao Athenaeum. Essa fora a última vez que o pessoal do Hotel Bertram vira o cônego Pennyfather. Ah, sim, um pequeno detalhe: ele se esquecera de deixar a chave do quarto. Não era a primeira vez que isso acontecia.

O arcediago Simmons refletiu alguns minutos antes de fazer uma nova chamada. Poderia ligar para o aeroporto de Londres. Isso, sem dúvida, consumiria algum tempo. Deveria haver um caminho mais curto. Ligou

---

* British European Airways. (N.T.)

para o dr. Weissgarten, um estudioso especialista em hebraico, que certamente estivera presente no congresso.

O dr. Weissgarten estava em casa. Assim que percebeu quem ligava, desandou a falar, criticando, sobretudo, dois trabalhos que haviam sido lidos no encontro de Lucerna.

– Muito inconsistente aquele camarada Hogarov – disse. – Muito inconsistente. Não sei como ele consegue. O sujeito não é erudito, nem nada. Sabe o que ele disse?

O arcediago suspirou e teve que ser firme com ele. Caso contrário, havia uma boa chance de passar o resto da noite ouvindo críticas sobre os estudiosos presentes no congresso de Lucerna. Com alguma relutância, o dr. Weissgarten ateve-se a assuntos mais pessoais.

– Pennyfather? – perguntou. – Pennyfather? Deveria ter ido. Não sei por que não foi. Ele disse que iria. Disse uma semana antes, quando o encontrei no Athenaeum.

– Quer dizer que ele nem apareceu no congresso?

– Foi o que eu acabei de dizer. Ele *deveria* ter ido.

– Sabe por que ele não foi? Ele deu alguma desculpa?

– Como é que eu vou saber? Ele disse que iria. Sim, agora eu me lembro. Ele estava sendo esperado. Várias pessoas notaram sua ausência. Acharam que talvez ele tivesse pegado um resfriado, por causa do tempo traiçoeiro. – Já ia voltar às críticas aos colegas eruditos, mas o arcediago Simmons desligou o telefone.

Estava diante de um fato, mas era um fato que, pela primeira vez, lhe provocava uma certa inquietação. O cônego Pennyfather não comparecera ao congresso de Lucerna. Tivera a intenção de ir. Muito estranho não ter ido, pensava o arcediago. Talvez tivesse pegado o avião errado, embora a BEA fosse muito cuidadosa com seus passageiros, evitando que isso ocorresse. Será que o cônego Pennyfather tinha esquecido do dia do congresso? Não era impossível. Mas, nesse caso, para onde ele teria ido?

O arcediago ligou, então, para o aeroporto. Teve que demonstrar muita paciência, esperando na linha e sendo transferido de um setor para o outro. No final, acabou diante de outro fato: o cônego Pennyfather havia reservado passagem no avião das 21h40 do dia 18 para Lucerna, mas não embarcara.

– Estamos avançando – disse o arcediago Simmons para a sra. McCrae, que observava no fundo. – Vejamos. Com quem devo falar agora?

– Todos esses telefonemas vão custar uma fortuna – disse a sra. McCrae.

– Imagino que sim. Imagino que sim – concordou o arcediago Simmons. – Mas precisamos ir atrás dele. Ele não é mais nenhum menino.

– Oh, o senhor acha que pode ter acontecido alguma coisa com ele?

– Espero que não... Na verdade, acho que não aconteceu nada, senão a senhora já estaria sabendo. Ele sempre andava com o nome e o endereço escritos num cartão, não andava?

– Sim, senhor. Tinha cartões de visita. Também levava cartas e um monte de outros papéis na carteira.

– Bem, então ele não deve estar num hospital – disse o arcediago. – Vejamos. Ao sair do hotel, ele pegou um táxi para o Athenaeum. Vou ligar para lá.

No Athenaeum, o arcediago conseguiu informações definidas. O cônego Pennyfather, que era muito conhecido no clube, jantara ali às sete e meia do dia 19. Foi nesse momento que o arcediago Simmons se deu conta de algo que ignorara até então. A passagem de avião era para o dia 18, mas o cônego deixara o Hotel

Bertram num táxi para o Athenaeum, mencionando que ia para o congresso de Lucerna, no dia 19. As coisas começaram a se aclarar. "Aquele velho pateta", pensou o arcediago Simmons, cuidando para não dizer nada em voz alta na frente da sra. McCrae, "confundiu as datas. O congresso era no dia 19. Disso eu tenho certeza. Ele deve ter achado que estaria embarcando no dia 18. Enganou-se por um dia".

O arcediago prosseguiu cuidadosamente sua linha de raciocínio. O cônego devia ter ido ao Athenaeum, jantado lá e seguido para o aeroporto de Kensington. Lá, certamente lhe disseram que sua passagem era para o dia anterior, e ele então compreendeu que o congresso a que pretendia ir já terminara.

– Foi isso o que aconteceu, tenho certeza – disse o arcediago Simmons, explicando para a sra. McCrae, que achou plausível. – Nesse momento, o que ele faria?

– Voltaria para o hotel – respondeu a sra. McCrae.

– Não viria direto para cá? Para a estação de trem, digo.

– Não tendo deixado a bagagem no hotel. De qualquer maneira, teria ligado para pedir que lhe entregassem as malas.

– É verdade – disse Simmons. – Muito bem. Vamos pensar assim: ele deixou o aeroporto com sua valise e voltou para o hotel, ou pelo menos dirigiu-se ao hotel. Talvez tenha parado para jantar... Não, ele jantou no Athenaeum. Muito bem. Ele voltou para o hotel. *Mas* não chegou lá. – O arcediago fez uma pausa e continuou, indeciso: – Será? Parece que ninguém o viu por lá. O que lhe terá acontecido no caminho?

– Ele pode ter encontrado alguém – sugeriu a sra. McCrae, sem muita segurança.

– Sim. Claro! Isso é perfeitamente possível. Algum velho amigo que ele não via há muito tempo... Pode ter ido para o hotel ou para a casa do amigo. Mas ele não ficaria lá três dias, ficaria? Em todo caso, não se esqueceria, por três dias, de que havia deixado suas malas no hotel. Teria ligado para solicitá-las ou, num surto de distração, teria voltado direto para casa. Três dias de silêncio. Isso é que é inexplicável.

– Se tiver sofrido um acidente...

– Sim, sra. McCrae, é claro que isso é possível. Podemos procurar nos hospitais. Mas a senhora disse que ele andava com um monte de papéis de identificação, não? Hmm. Só vejo uma possibilidade.

A sra. McCrae olhava-o, apreensiva.

– Acho que devemos ir à polícia – concluiu o arcediago, relativamente calmo.

CAPÍTULO 12

Miss Marple não encontrou dificuldade em aproveitar sua estadia em Londres. Fez muitas coisas que não tivera tempo de fazer nas suas rápidas visitas à capital. Deve-se ressaltar que, infelizmente, ela não aproveitou todas as possibilidades de atividades culturais que havia. Não visitou galerias de fotos nem museus. A ideia de assistir a um desfile de moda nem lhe passou pela cabeça. O que ela visitou foram as seções de louças e cristais das grandes lojas de departamento e as seções de roupa de cama e mesa, chegando a adquirir alguns tecidos em promoção para estofamento. Depois de gastar o que considerava uma quantia razoável nesses investimentos domésticos, decidiu fazer diversas excursões sozinha. Foi a lugares de que se lembrava da juventude, às vezes só para ver se eles continuavam existindo. Um passeio que ela jamais tivera tempo de fazer e que lhe agradou muito. Saía após a sesta e, evitando chamar a atenção do porteiro, que achava que uma senhora de sua idade, frágil como ela, só deveria andar de táxi, caminhava até o ponto de ônibus ou uma estação de metrô. Comprara um pequeno guia dos ônibus e seus itinerários, além de um mapa do transporte subterrâneo. Desse modo, planejava com cuidado as excursões. Certas tardes, poderia ser encontrada caminhando feliz e nostálgica pela Onslow Square ou Evelyn Gardens, murmurando baixinho: "Sim, ali era a casa da sra. Van Dylan. É claro que agora está *muito* diferente. Parece reformada. Meu Deus, vejo que tem quatro campainhas. Quatro apartamentos, acho. Essa praça antiga sempre foi tão bonita!".

Um pouco envergonhada, fez uma visita ao museu Madame Tussaud, um prazer inesquecível da infância. Na Westbourne Grove, procurou em vão pela Bradley's. A tia Helen sempre levava seu casaco de pele à Bradley's.

Olhar as vitrines, como todo mundo faz, nunca interessou Miss Marple, mas ela adorava descobrir novos modelos de tricô, variedades de lã e alegrias afins. Fez uma excursão especial a Richmond, para ver a casa onde morara o tio-avô Thomas, o almirante reformado. O belo terreno ainda estava lá, mas, novamente, cada casa havia sido transformada em apartamentos. Mais doloroso ainda foi o caso da Lowndes Square, onde vivera uma prima distante, lady Merridew, com certo conforto. Ali havia agora um enorme arranha-céu modernista, que parecia surgido do nada. Miss Marple balançou a cabeça com tristeza e disse para si mesma: "Tem de haver progresso. Mas se a prima Ethel soubesse disso, reviraria na tumba".

Numa tarde especialmente amena e agradável, Miss Marple embarcou num ônibus que a levou a Battersea Bridge. Teria o prazer de dar uma olhada sentimental nas Princess Terrace Mansions, onde vivera outrora uma antiga governanta sua, e visitar o Battersea Park. A primeira parte do programa fracassou. A antiga residência da srta. Ledbury havia desaparecido sem deixar rastro, tendo sido substituída por um grande monte de concreto reluzente. Miss Marple encaminhou-se, então, para o Battersea Park. Sempre gostara de andar, mas admitia que já não tinha tanta disposição como antigamente. Em menos de um quilômetro já estava cansada. Julgou que conseguiria atravessar o parque até a Chelsea Bridge e lá poderia pegar um ônibus que lhe servisse, mas foi diminuindo o passo gradualmente, e qual não foi sua alegria ao encontrar uma casa de chá situada à margem do lago.

Apesar do frio do outono, continuavam servindo chá. Naquele dia, não havia muita gente. Algumas mães com carrinhos de bebê e um ou outro jovem casal de namorados. Miss Marple levou uma bandeja com chá e duas fatias de pão de ló para uma mesa e sentou-se. Aquele chá era justamente o que ela estava precisando. Quente, forte e reanimador. Reanimada, olhou em volta e, reparando numa mesa específica, empertigou-se no assento. Que coincidência estranha! Estranhíssima! Primeiro na Army & Navy Stores e agora ali. Que lugares mais inusitados aqueles dois escolhiam! Mas não! Estava enganada. Miss Marple pegou um segundo par de óculos na bolsa. Sim, havia se enganado. Havia mesmo certa semelhança. Aquele cabelo comprido, loiro. Mas não era Bess Sedgwick. Era alguém muito mais jovem. Claro! Era a filha dela! A menina que entrara no Bertram com o amigo de lady Selina Hazy, o coronel Luscombe. Mas o homem era o mesmo que almoçara com lady Sedgwick na Army & Navy Stores. Quando a isso, não havia a menor dúvida. O mesmo perfil bonito, aquilino, o corpo esbelto, aquela obstinação predatória: sim, a mesma atração forte e vigorosa.

– Não está certo – disse Miss Marple. – Nada certo. Isso é cruel. Falta de escrúpulo. Não gosto de ver essas coisas. Primeiro a mãe, agora a filha. Que história é essa?

Coisa boa não era. Disso Miss Marple tinha certeza. Miss Marple raramente concedia a alguém o benefício da dúvida. Sempre pensava no pior, e nove vezes em dez, insistia ela, tinha razão. Ambos os encontros, estava certa disso, eram mais ou menos secretos. Observava agora o jeito como os dois debruçavam-se sobre a mesa, quase encostando as cabeças. E o entusiasmo com que falavam. O rosto da menina – Miss Marple tirou os óculos, limpou cuidadosamente as lentes e voltou a colocá-los. Sim, a menina estava apaixonada. Perdidamente apaixonada, como só os jovens conseguem se apaixonar. Mas como é que os tutores dela consentiam em deixar a menina solta pela cidade, com liberdade para ter esses encontros clandestinos no Battersea Park? Uma moça tão bem criada, tão educada! Bem criada demais, sim! O pessoal dela devia achar que ela estava em algum outro lugar. Ela tivera que mentir.

Ao sair, Miss Marple passou pela mesa onde eles estavam sentados o mais lentamente possível para não ser descoberta. Infelizmente, eles conversavam tão baixo que ela não conseguiu escutar o que diziam. O homem estava falando e a menina escutava, com prazer e medo. "Será que estão planejando fugir?", pensou Miss Marple. "Ela ainda é menor de idade."

Miss Marple passou pelo pequeno portão na cerca que dava para a calçada do parque. Havia carros estacionados ali, e de repente ela parou em frente a um deles. Não que entendesse de carros, mas lembrava-se daquele. Um sobrinho-neto, que adorava automóveis, lhe dera algumas informações sobre aquele tipo de veículo. Era um carro de corrida, de marca estrangeira, não se lembrava do nome agora. Não só isso. Ela havia visto esse carro, ou um igualzinho, no dia anterior, numa rua lateral perto do Hotel Bertram. Havia reparado nele não só por conta do tamanho e imponência, mas porque a placa despertara uma lembrança remota, uma associação de ideias na memória. FAN 2266. Lembrou-se da prima Fanny Godfrey. Coitada. Era gaga. Dizia: "Tenho d-d-d-dois c-c-c-cestos...".

Foi olhar a placa. Sim, estava certa. FAN 2266. Era o mesmo carro. Miss Marple, sentindo o cansaço aumentar a cada passo, chegou, perdida em pensamentos, no outro lado da Chelsea Bridge. Estava tão esgotada que parou o primeiro táxi que viu, sem pensar duas vezes. Preocupava-se com a sensação de que deveria fazer alguma coisa em relação a tudo aquilo. Mas tudo aquilo o quê? E o que fazer? Era tudo muito indefinido. Fixou os olhos nas manchetes dos jornais, distraída:

"Novidades sensacionais nos assaltos a trens", dizia uma. "A história do maquinista", dizia outra. "Que coisa!", pensou Miss Marple. "Quase todos os dias parecia haver assaltos a bancos, trens, carros-fortes."

O crime superava-se.

Capítulo 13

Lembrando vagamente um abelhão, o inspetor-chefe Fred Davy zanzava pelas salas do Departamento de Investigações Criminais cantarolando baixinho. Era um hábito seu que não chamava muita atenção. Apenas comentavam: "O Pai está à espreita de novo".

A espreita levou-o à sala em que estava o inspetor Campbell, sentado atrás de uma mesa, com expressão de tédio. O inspetor Campbell era um rapaz ambicioso e considerava chata grande parte de suas ocupações. Mesmo assim, dava conta das tarefas que lhe eram entregues, realizando-as até com certa excelência. As autoridades subordinadas a ele viam-no com bons olhos e, de vez em quando, diziam-lhe algumas palavras de incentivo ou elogio.

– Bom dia, senhor – disse respeitosamente o inspetor Campbell quando Pai entrou em seu recinto. Evidentemente, chamava Davy de "Pai" pelas costas, como todo mundo fazia. Mas ainda não tinha moral suficiente para chamá-lo assim na sua frente.

– Posso ajudá-lo em alguma coisa? – perguntou.

Davy cantarolava, ligeiramente desafinado:

– Lá, lá, bum, bum. "Por que me chamam de Mary se meu nome é srta. Gibbs?" – Depois dessa inesperada ressurreição de uma esquecida comédia musical, Davy puxou uma cadeira e sentou-se.

– Está ocupado? – perguntou.

– Mais ou menos.

– Às voltas com um caso de desaparecimento, não? Num hotel. Como é mesmo o nome? Bertram. Não é isso?

– Isso mesmo, senhor. Hotel Bertram.

– Infração do horário de venda de bebidas alcoólicas? Garotas de programa?

– Oh, não, senhor – respondeu o inspetor Campbell, levemente chocado ao ouvir o nome do Hotel Bertram vinculado a tais contravenções. – O lugar é muito tranquilo. À moda antiga.

– Será ainda? – perguntou Pai. – Será? Interessante.

O inspetor Campbell não entendeu por que era interessante. Não queria perguntar, já que o pessoal da alta hierarquia andava de mau humor desde o assalto ao trem postal, que representara um sucesso espetacular para os criminosos. Ficou olhando para o rosto largo e achatado de Pai, perguntando-se, como já havia feito antes, como é que o inspetor-chefe Davy chegara àquela posição e por que o consideravam tanto no departamento. "Deve ter sido fácil na época dele", pensou o inspetor Campbell, "mas agora existe muita gente empreendedora que merece uma promoção, se aqueles velhos encarquilhados abrissem caminho". Mas o velho encarquilhado começara a cantarolar outra música, entremeada com uma ou outra palavra.

– *Tell me, gentle stranger, are there any more at home like you?** – entoou Pai, emendando com um falsete repentino: – *A few, kind sir, and nicer girls you never knew.*** Não. Vejamos. Acho que misturei os sexos. *Floradora*. Um belo espetáculo também.

– Acho que já ouvi falar, senhor – disse o inspetor Campbell.

– Sua mãe deve ter cantado essa canção para você dormir – disse Davy. – Mas conte-me: o que está

---

* "Diga-me, estranho gentil, há mais alguém em casa como você?" (N.T.)

** "Algumas, senhor gentil, e as meninas mais agradáveis que você jamais conheceu." (N.T.)

acontecendo no Hotel Bertram? Quem desapareceu, como e por quê?

– Um tal de cônego Pennyfather, senhor. Um clérigo idoso.

– Um caso chato, não?

O inspetor Campbell sorriu.

– Sim, chato, de certo modo.

– Como ele é?

– O cônego Pennyfather?

– Sim. Imagino que você tenha uma descrição.

– Claro. – Campbell remexeu nuns papéis e leu: – Altura, 1,76 m, cabelos brancos, meio corcunda...

– E desapareceu do Hotel Bertram... quando?

– Há uma semana, mais ou menos. Dia 19 de novembro.

– E só agora eles perceberam. Demoraram, não?

– Bem, parece que esperavam que ele voltasse.

– Tem alguma ideia do que há por trás disso? – perguntou Pai. – Será que um homem decente e temente a Deus sumiu de repente com a esposa de um dos curadores da igreja? Ou será que ele bebe às escondidas? Talvez desvie fundos da paróquia. Ou, quem sabe, é um desses velhos distraídos que costumam se perder.

– Bom. Pelo que ouvi, senhor, deve ser esse último caso. Ele já desapareceu outras vezes.

– Como? Desapareceu outras vezes em um respeitável hotel do West End?

– Não. Mas já deixou de voltar para casa no dia esperado. Às vezes aparece na casa de amigos sem avisar ou deixa de ir quando o convidam. Esse tipo de coisa.

– Sim – disse Pai. – Sim. Parece perfeitamente natural e cabível, não? Quando foi exatamente que ele desapareceu?

– Quinta-feira, dia 19 de novembro. Deveria comparecer num congresso em... – consultou os papéis sobre a mesa – ah, sim! Lucerna. Sociedade de Estudos Bíblicos Históricos. É a tradução. Acho que a sociedade é alemã.

– E o congresso ocorreu em Lucerna? O velhote... é um velhote, não?

– Sessenta e três anos, senhor, pelo que sei.

– O velhote não apareceu, é isso?

O inspetor Campbell pegou os papéis e forneceu os fatos na medida em que haviam sido comprovados.

– Nada indica que ele tenha fugido com um menino do coro – observou o inspetor Davy.

– Espero que ele apareça – disse Campbell –, mas estamos investigando, claro. O senhor... está interessado no caso? – Campbell mal conseguia conter sua curiosidade.

– Não – respondeu Davy, pensativo. – Não estou interessado no *caso*. Não vejo nada de interessante nele.

Houve uma pausa, uma pausa em que estavam implícitas as palavras "E então", seguidas de um ponto de interrogação, mas que o inspetor Campbell sabia que não deveria articular.

– O que *realmente* me interessa – disse Pai – é a data. E o Hotel Bertram, evidentemente.

– Sempre foi muito bem administrado, senhor. Nunca houve nenhum tipo de problema lá.

– Isso é ótimo – disse Pai, acrescentando, pensativo: – Eu gostaria de dar uma olhada no local.

– Claro, senhor – disse o inspetor Campbell. – Quando o senhor quiser. Eu já estava pensando mesmo em dar um pulo lá.

– Então vou com você – disse Pai. – Não quero me intrometer. Longe disso. Mas eu gostaria de dar uma olhada no local, e esse seu arcediago desaparecido, ou seja lá o que ele é, acaba sendo um bom pretexto. Não precisa me chamar de "senhor" quando estivermos lá. Você será a autoridade. Eu serei apenas seu assistente.

O inspetor Campbell ficou interessado.

– O senhor acha que há alguma coisa escondida lá? Algo associado a uma coisa maior?

– Por enquanto não há motivo para tal conclusão – respondeu Pai. – Mas você sabe como é. Às vezes... não sei como explicar... ficamos com a pulga atrás da orelha, não é assim que se diz? O Hotel Bertram, em certo sentido, parece bom demais para ser verdade.

Voltou à personificação do abelhão cantarolando "Let's All Go Down the Strand".

Os dois detetives saíram juntos, Campbell elegante, de terno (tinha ótima aparência), e o inspetor-chefe Davy de tweed, como se viesse do interior. Combinavam um com o outro. Somente o olhar astuto da srta. Gorringe, ao erguer os olhos do registro de hóspedes, foi capaz de distingui-los. Desde que dera parte do desaparecimento do cônego Pennyfather e trocara algumas palavras com um subalterno da polícia, esperava uma visita dessa natureza.

Um cochicho sussurrado à auxiliar prestativa que estava ali perto fez com que esta última se colocasse à disposição para atender quaisquer solicitações dos hóspedes, enquanto a srta. Gorringe foi discretamente para o canto do balcão e olhou para os dois homens. O inspetor Campbell apresentou seu cartão de visita, e ela assentiu com a cabeça. Voltando o olhar para o sujeito grande, metido num paletó de tweed atrás de Campbell, a srta. Gorringe reparou que ele havia virado um pouco de lado e observava o saguão e seus ocupantes com um prazer aparentemente ingênuo de contemplar aquele mundo aristocrático na prática.

– Os senhores gostariam de vir até o escritório? – perguntou a srta. Gorringe. – Talvez seja melhor para conversarmos.

– Sim, acho que será melhor.

– Bonito lugar – disse o sujeito alto e parrudo, virando a cabeça em direção a ela. – Confortável – acrescentou, olhando com aprovação para a enorme lareira. – Conforto à moda antiga.

A srta. Gorringe sorriu, satisfeita.

– É verdade. Orgulhamo-nos de oferecer conforto aos nossos hóspedes – disse. E, para sua auxiliar: – Pode assumir, Alice? Aqui está o registro de hóspedes. Lady Jocelyn vai chegar daqui a pouco. Com certeza vai querer trocar de quarto assim que vir o que lhe demos, mas você deve explicar para ela que estamos realmente lotados. Se for necessário, mostre o 340, no terceiro andar. Se ela quiser, pode trocar. O 340 não é um quarto muito agradável. Tenho certeza de que ela vai ficar satisfeita com o atual, assim que entrar nesse outro.

– Sim, srta. Gorringe. Fique tranquila.

– E lembre ao coronel Mortimer que o binóculo dele está aqui. Ele me pediu para guardá-lo hoje de manhã. Não o deixe sair sem o binóculo.

– Tudo bem, srta. Gorringe.

Cumpridas essas obrigações, a srta. Gorringe olhou para os dois, saiu de trás do balcão e conduziu-os por uma porta lisa de mogno, sem nenhum letreiro, que levava para uma pequena sala, de aspecto lúgubre. Os três se sentaram.

– O homem desaparecido é o cônego Pennyfather, pelo que sei – disse o inspetor Campbell. Consultou suas anotações. – Recebi o relatório do sargento Wadell. A senhora poderia me contar com suas próprias palavras o que aconteceu?

– Não acho que o cônego Pennyfather tenha realmente desaparecido, no sentido usual da palavra – respondeu a srta. Gorringe. – O que eu acho é que o cônego encontrou alguém, em algum lugar, um amigo antigo, algo assim, e foi com ele para alguma reunião de eruditos, não sei, no continente. O cônego é um sujeito muito distraído.

– A senhora o conhece há muito tempo?

– Oh, sim. Ele se hospeda aqui há... vejamos... há uns cinco ou seis anos, no mínimo.

– A senhora já trabalha aqui há um bom tempo também, não, madame? – perguntou Davy, intrometendo-se de repente.

– Trabalho aqui... – disse a srta. Gorringe, pensativa – ...há catorze anos.

– Bonito lugar – repetiu Davy. – E o cônego Pennyfather costumava se hospedar aqui quando estava em Londres, certo?

– Sim. Ele sempre nos procura. Escreveu com antecedência para reservar o quarto. Por escrito ele é muito menos vago do que na vida real. Pediu um quarto do dia 17 ao dia 21. Durante esse período, esperava ausentar-se por uma ou duas noites, e explicou que queria ficar com o quarto enquanto estivesse fora. Ele faz muito isso.

– Quando a senhora começou a ficar preocupada com ele? – perguntou Campbell.

– Na verdade, não me preocupei. A situação era complicada. O quarto estava reservado para outro hóspede a partir do dia 23, e quando percebi... no início não reparei... que ele não tinha voltado de Lugano...

– Tenho o nome Lucerna aqui nas minhas anotações – disse Campbell.

– Sim, sim, acho que era Lucerna mesmo. Algum congresso arqueológico, algo assim. De qualquer maneira, quando percebi que ele não tinha voltado e que sua bagagem ainda estava esperando no quarto, vi que ia dar problema. Nesta época do ano, o hotel fica lotado, e havia outro hóspede para o quarto. A honorável sra. Saunders, que mora em Lyme Regis. Ela sempre reserva esse quarto. Até que a governanta dele ligou, preocupada.

– Segundo informação do arcediago Simmons, o nome da governanta é sra. McCrae. A senhora a conhece?

– Pessoalmente, não, mas já falei com ela por telefone uma ou duas vezes. Parece-me uma pessoa de total confiança. Já trabalha com o cônego Pennyfather há alguns anos. Naturalmente, estava preocupada. Acho que ela e o arcediago Simmons entraram em contato com amigos próximos e parentes, mas ninguém sabe sobre o paradeiro do cônego. Como ele estava esperando a chegada do arcediago Simmons, é muito estranho ele ainda não ter voltado para casa.

– Esse cônego é sempre distraído assim? – perguntou Pai.

A srta. Gorringe ignorou-o. Aquele homenzarrão, supostamente o assistente, pareceu-lhe um pouco intrometido demais.

– E agora eu sei – continuou a srta. Gorringe, com irritação na voz –, pelo arcediago Simmons, que o cônego Pennyfather jamais esteve no congresso de Lucerna.

– Ele mandou algum recado avisando que não ia?

– Acho que não. Pelo menos, não daqui. Nenhum telegrama, nem nada. Realmente não sei nada sobre Lucerna. Só me preocupo com a parte que se refere a nós nessa história. A notícia saiu no jornal, fiquei sabendo. A notícia de que ele havia desaparecido, digo. Não comentaram que ele estava hospedado *aqui*, e espero que não comentem. Não queremos a imprensa no hotel. Incomodaria nossos hóspedes. Ficaremos muito gratos, inspetor Campbell, se o senhor puder manter os jornalistas longe de nós. Afinal, o cônego não desapareceu *daqui*.

– A bagagem dele ainda está no hotel?

– Sim. No depósito de bagagens. Se o cônego Pennyfather não foi para Lucerna, os senhores já consideraram a hipótese de ele ter sido atropelado ou algo parecido?

– Não lhe aconteceu nada disso.

– Realmente, tudo isso é muito curioso – disse a srta. Gorringe, deixando transparecer uma ponta de interesse, em vez de irritação. – Ficamos nos perguntando para onde ele terá ido e por quê.

Pai olhou para ela, compreensivo.

– Claro – disse ele. – A senhora só está pensando no caso do ponto de vista do hotel. Muito natural.

– Pelo que sei – disse o inspetor Campbell, consultando mais uma vez suas anotações –, o cônego Pennyfather saiu daqui por volta das seis e meia da tarde de quinta-feira, dia 19. Levava uma pequena valise e pegou um táxi, solicitando ao porteiro que desse ao motorista o endereço do clube Athenaeum.

A srta. Gorringe assentiu com a cabeça.

– Sim, ele jantou no clube Athenaeum. O arcediago Simmons me contou que foi lá que o viram pela última vez – disse a srta. Gorringe, com firmeza na voz por poder transferir do Hotel Bertram ao Athenaeum a responsabilidade de ver o cônego pela última vez.

– É bom quando esclarecemos os fatos – disse Pai, com voz calma e retumbante. – E estes são os fatos. Ele saiu com sua bolsinha azul da BOAC* ou coisa do gênero. Era uma bolsa azul da BOAC, não era? Ele saiu e não voltou. Isso é indiscutível.

---

* British Overseas Airways Corporation. (N.T.)

– Conforme os senhores já puderam perceber, não tenho como ajudá-los – disse a srta. Gorringe, mostrando intenção de levantar-se e voltar ao trabalho.

– A senhora, pelo visto, não pode ajudar – concordou Pai –, mas talvez alguém possa.

– Alguém?

– Ora, sim. Um dos funcionários, talvez.

– Não acho que alguém saiba de alguma coisa. Se soubessem, já teriam me falado.

– Talvez sim, talvez não. O que estou querendo dizer é que eles teriam lhe falado se soubessem realmente de algo. Mas eu estava pensando mais em alguma coisa que o cônego pudesse ter *dito*.

– Que tipo de coisa? – perguntou a srta. Gorringe, perplexa.

– Ah, uma palavra casual que nos desse uma pista. Por exemplo: "Vou encontrar um amigo hoje à noite que não vejo desde que nos encontramos no Arizona". Algo assim. Ou: "Na próxima semana, pretendo ir à casa de uma sobrinha para a crisma da filha dela". No caso de pessoas distraídas, pistas como essas podem ajudar bastante. Mostram o que a pessoa estava pensando. É possível que depois do jantar no Athenaeum ele tenha pegado um táxi e pensado: "Para onde vou agora?". Com a história da crisma na cabeça, por exemplo, ele pode ter ido para a casa da sobrinha.

– Compreendo o que o senhor quer dizer – disse a srta. Gorringe, sem convicção. – Mas parece um pouco improvável.

– Às vezes damos sorte – comentou Pai, com bom humor. – Há também os diversos hóspedes do hotel. O cônego Pennyfather provavelmente conhecia vários deles, já que vinha tanto aqui.

– Ah, sim – admitiu a srta. Gorringe. – Vejamos. Já o vi conversando com... sim, com lady Selina Hazy.

Também com o bispo de Norwich. Acho que são velhos amigos. Estudaram em Oxford juntos. E a sra. Jameson, com as filhas. Eles vêm da mesma parte do mundo. É verdade, um monte de gente.

– Está vendo? – disse Pai. – Ele pode ter falado com alguma dessas pessoas. Talvez tenha mencionado alguma coisa aparentemente trivial que pode nos servir de pista. Há alguém aqui, no momento, que o cônego conhecesse bem?

A srta. Gorringe franziu a testa enquanto pensava.

– Bem, acho que o general Radley ainda está aqui. E há uma senhora idosa que veio do campo. Costumava se hospedar aqui quando era criança, ela me contou. Não me lembro do nome dela agora, mas posso descobrir. Ah, sim! Miss Marple. Acho que ela conhece o cônego.

– Bom, podemos começar com esses dois. E deve haver uma camareira, suponho.

– Sim – confirmou a srta. Gorringe. – Mas ela já foi interrogada pelo sargento Wadell.

– Eu sei. Mas talvez não sob este prisma. E o garçom que servia a mesa dele? Ou o *maître*.

– Sim, o Henry, claro – disse a srta. Gorringe.

– Quem é Henry? – perguntou Pai.

A srta. Gorringe parecia quase ofendida. Não era possível que alguém não conhecesse o Henry.

– O Henry está aqui há mais tempo do que eu saberia dizer. O senhor deve tê-lo visto servindo chá quando entrou.

– Uma espécie de celebridade, então – disse Davy. – Lembro-me que o vi.

– Não sei o que faríamos sem o Henry – disse a srta. Gorringe, com emoção. – Ele é realmente maravilhoso. Dá o tom do lugar, entende?

– Talvez ele possa me servir um chá – disse Davy. – Vi que vocês têm *muffins*. Adoraria comer um bom *muffin* de novo.

– Claro – disse a srta. Gorringe, secamente. – Peço para servir dois chás no saguão de entrada? – perguntou, voltando-se para o inspetor Campbell.

– Seria... – o inspetor começou a dizer quando a porta se abriu de repente e o sr. Humfries apareceu com seu jeito olímpico.

Ficou ligeiramente surpreso, olhando inquisitivamente para a srta. Gorringe.

– Esses dois cavalheiros são da Scotland Yard, sr. Humfries – explicou ela.

– Detetive-inspetor Campbell – disse Campbell.

– Oh, sim. Sim, é claro – disse o sr. Humfries. – O caso do cônego Pennyfather, suponho. Uma coisa extraordinária. Espero que não tenha acontecido nada com o pobre coitado.

– O mesmo digo eu – falou a srta. Gorringe. – Um senhor tão amável.

– Desses da velha guarda – comentou o sr. Humfries, com aprovação.

– Parece que vocês recebem boa parte da velha guarda aqui – observou o inspetor Davy.

– É verdade. É verdade – concordou o sr. Humfries. – Sim, sob muitos aspectos, somos sobreviventes de outra época.

– Temos nossos clientes costumeiros – disse a srta. Gorringe. Ela falava com orgulho. – As mesmas pessoas voltam todos os anos. Temos muitos americanos. De Boston e Washington. Muito tranquilos. Ótimas pessoas.

– Eles gostam da nossa atmosfera inglesa – disse o sr. Humfries, mostrando num sorriso os dentes branquíssimos.

Pai olhou-o, pensativo. O inspetor Campbell indagou:

– O senhor tem certeza de que não chegou nenhum recado do cônego? Talvez tenham esquecido de anotar ou de passar o recado.

– Os recados telefônicos são sempre *cuidadosamente* anotados – disse a srta. Gorringe, com frieza na voz. – Não admito a possibilidade de um recado não ser passado para mim ou para a pessoa encarregada no momento.

Encarou o inspetor.

O inspetor Campbell ficou momentaneamente desconcertado.

– Já respondemos a essas perguntas antes – explicou o sr. Humfries, também com a voz fria. – Demos todas as informações de que dispomos para o seu sargento. Não me lembro do nome dele agora.

Pai mexeu-se um pouco e disse, de um modo familiar:

– É que as coisas ficaram um pouco mais sérias. Parece que não se trata apenas de distração. Por isso, acho que pode ser bom trocar algumas palavras com essas pessoas que vocês mencionaram: o general Radley e Miss Marple.

– Quer que eu marque uma entrevista com eles? – perguntou o sr. Humfries, visivelmente contrariado. – O general Radley é muito surdo.

– Não precisa ser tão formal – disse o inspetor. – Não queremos incomodar as pessoas. Pode deixar tudo conosco. Basta nos mostrar quem são eles. Existe uma pequena possibilidade de o cônego Pennyfather ter comentado sobre seu plano, alguma pessoa que encontraria em Lucerna ou com quem iria até lá. De qualquer maneira, vale a pena tentar.

O sr. Humfries parecia aliviado.

– Podemos ajudá-lo em mais alguma coisa? – perguntou. – Tenho certeza de que o senhor sabe que o nosso desejo é ajudá-lo no que for possível. Só receamos a divulgação da imprensa.

– Claro – disse o inspetor Campbell.

– E eu gostaria de dar uma palavrinha com a camareira – disse Pai.

– Tudo bem. Quando o senhor quiser. Mas duvido muito que ela possa lhe dizer alguma coisa.

– Provavelmente não. Mas talvez haja algum detalhe, alguma observação do cônego sobre uma carta ou um compromisso. Nunca se sabe.

O sr. Humfries consultou o relógio.

– Ela entra no serviço às seis – disse. – Segundo andar. Nesse meio-tempo, gostariam de tomar um chá?

– Acho ótimo – respondeu Pai, prontamente.

Saíram todos juntos da sala.

A srta. Gorringe disse:

– O general Radley deve estar na sala de fumantes, a primeira sala desse corredor, à esquerda. Deve estar em frente à lareira, com o *The Times*. – Acrescentou discretamente: – Talvez esteja dormindo. Tem certeza de que não quer que eu...

– Não, eu me viro – respondeu Pai. – E a outra? A senhora idosa?

– Está sentada ali, perto da lareira – disse a srta. Gorringe.

– Aquela de cabelo fofo, fazendo tricô? – perguntou Pai. – Poderia estar num palco, não poderia? A própria encarnação da tia-avó universal.

– As tias-avós de hoje em dia não são mais assim – disse a srta. Gorringe. – Nem as avós, nem as bisavós, a propósito. Recebemos ontem a Marquesa de Barlowe. Já é bisavó. Para falar a verdade, não a reconheci quando entrou. Estava voltando de Paris. O rosto muito maquiado com tons de rosa e branco, o cabelo platinado, uma figura totalmente artificial, mas estava deslumbrante.

– Ah – exclamou Pai –, prefiro as de antigamente. Bom, muito obrigado, madame. – Virou-se para Campbell: – Posso cuidar desse caso? Sei que o senhor tem um compromisso importante agora.

– É verdade – respondeu Campbell, pegando a deixa. – Não acho que consiga muita coisa, mas vale a pena tentar.

O sr. Humfries desapareceu no interior de seu gabinete privado, dizendo:

– Srta. Gorringe... um momento, por favor.

A srta. Gorringe seguiu-o e fechou a porta atrás de si.

Humfries caminhava de um lado para o outro.

– Para que eles querem ver a Rose? – perguntou. – Wadell já fez todas as perguntas necessárias.

– Acho que são somente perguntas de rotina – respondeu a srta. Gorringe, sem muita firmeza.

– É melhor você falar com ela antes.

A srta. Gorringe parecia um pouco assustada.

– Mas com certeza o inspetor Campbell...

– Oh, não estou preocupado com Campbell. Quem me preocupa é o outro. Sabe quem ele é?

– Acho que ele não falou o nome. Um sargento qualquer, suponho. Tem jeito de caipira.

– Caipira coisa nenhuma – exclamou Humfries, perdendo a compostura. – Esse é o inspetor-chefe Davy, uma velha raposa, das mais espertas. Muito conceituado na Scotland Yard. Gostaria de saber o que ele está fazendo aqui, investigando o caso com fantasia de jeca. Não gosto nada disso.

– Não vá pensar...

– Não sei o que pensar. Mas sei que não gosto disso. Ele pediu para ver mais alguém além da Rose?

– Acho que vai falar com o Henry.

O sr. Humfries riu. A srta. Gorringe também.

– Não precisamos nos preocupar com o Henry.

– Não mesmo.

– E os hóspedes que conheciam o cônego Pennyfather?

O sr. Humfries riu de novo.

– Desejo-lhe sorte com o velho Radley. Terá que berrar como um louco e não conseguirá nada. Que fique à vontade com o general Radley e aquela velha engraçada, Miss Marple. De qualquer maneira, não gosto muito da presença dele aqui, metendo o nariz onde não é chamado.

Capítulo 14

— Sabe de uma coisa? – disse o inspetor-chefe Davy, pensativo. – Não gosto muito desse tal de Humfries.

– Algo errado com ele? – perguntou Campbell.

– Bem... – Pai parecia se defender. – Sabe como é. Sujeito bajulador. Gostaria de saber se ele é o dono ou só o gerente.

– Posso perguntar – disse Campbell, dando um passo em direção ao balcão.

– Não. Não pergunte nada – disse Pai. – Descubra sozinho, discretamente.

Campbell ficou olhando para ele, curioso.

– O que o senhor está pensando?

– Nada de especial – respondeu Pai. – Só gostaria de ter mais informações sobre este lugar. Quero saber quem está por trás desse negócio, qual a situação financeira da empresa, esse tipo de coisa.

Campbell sacudiu a cabeça.

– Se me perguntassem se existe em Londres um lugar acima de qualquer suspeita, eu teria dito...

– Eu sei, eu sei – disse Pai. – E ter essa reputação é muito conveniente!

Campbell balançou a cabeça e saiu. Pai atravessou o corredor em direção à sala de fumantes. O general Radley estava acordando. O *The Times* havia caído de seu colo, esparramando-se no chão. Pai pegou o jornal, juntou as folhas e o entregou ao general.

– Obrigado. Muita bondade sua – disse o general Radley com a voz rouca.

– General Radley?

– Sim.

– Desculpe-me – disse Pai, elevando a voz –, mas eu gostaria de conversar com o senhor a respeito do cônego Pennyfather.

– O quê? – perguntou o general, aproximando a mão da orelha.

– Cônego Pennyfather – gritou Pai.

– Meu pai? Morreu há muitos anos.

– Cônego *Penny*father.

– Oh! O que houve? Outro dia mesmo ainda o vi. Ele estava hospedado aqui.

– Ele tinha que me dar um endereço. Disse que deixaria com o senhor.

Isso já era muito mais difícil de fazê-lo entender, mas o inspetor Davy acabou conseguindo.

– Ele nunca me deu nenhum endereço. Deve ter me confundido com outra pessoa. É um velho meio confuso. Sempre foi. Erudito. Os eruditos são sempre assim, distraídos.

Pai perseverou mais um pouco, mas logo chegou à conclusão de que era praticamente impossível conversar com o general Radley, e que aquela conversa não levaria a lugar nenhum. Retirou-se e sentou-se numa mesa adjacente a de Miss Marple, no saguão.

– Chá, senhor?

Pai levantou os olhos. Ficou impressionado, como todos, com a personalidade de Henry. Apesar da corpulência, parecia, por assim dizer, uma encarnação de Ariel, capaz de materializar-se e desaparecer à vontade. Pai pediu chá.

– Vi que vocês têm *muffins* aqui.

Henry sorriu, com simpatia.

– Sim, senhor. A propósito, nossos *muffins* são deliciosos, modéstia à parte. Todo mundo adora. Quer que eu peça? Chá da Índia ou da China?

– Da Índia – respondeu Pai. – Ou Ceilão, se vocês tiverem.

– Temos sim, senhor.

Henry fez um pequeno gesto com o dedo, e o jovem pálido que era seu auxiliar partiu em busca do chá do Ceilão e dos *muffins*. Henry deslocou-se graciosamente para outro lugar.

"Você é *especial*, disso não tenho dúvida", pensou Pai. "Gostaria de saber onde é que eles o descobriram e quanto lhe pagam. Uma nota, garanto, *e* você merece." Pai observava Henry curvando-se de modo cortês perante uma senhora idosa. O que será que Henry pensava a respeito dele? Combinava bastante com o Hotel Bertram. Devia ter sido um agricultor próspero ou um nobre com aparência de agenciador de apostas. Pai conhecia dois nobres que eram assim mesmo. Tudo indicava que havia convencido Henry, mas talvez não fosse o caso. "Sim, você é *especial*, não tenho dúvida", pensou novamente.

Chegaram os *muffins* e o chá. Pai mordeu com vontade, e a manteiga lhe escorreu pelo queixo. Limpou-se com um guardanapo de pano enorme. Tomou duas xícaras de chá, com bastante açúcar. Depois, inclinou-se para a frente e falou com a senhora sentada na cadeira ao lado:

– Licença – disse –, mas a senhora não é Miss Jane Marple?

Miss Marple deixou de olhar para o tricô e olhou para o inspetor Davy.

– Sim – respondeu. – Sou Miss Marple.

– Espero que não se importe com a minha intromissão. A propósito, sou policial.

– É mesmo? Espero que não tenha acontecido nada de errado por aqui.

Pai apressou-se em tranquilizá-la, com seu jeito paternal.

– Não se preocupe, Miss Marple – disse. – Não é o que a senhora está pensando. Não houve nenhum roubo, nem nada parecido. Só um pequeno imbróglio com um clérigo distraído. Acho que ele é um amigo seu. O cônego Pennyfather.

– Oh, o cônego Pennyfather. Ele estava aqui noutro dia mesmo. Sim, conheço-o um pouco, há muitos anos. Como o senhor diz, é um homem muito distraído. – Acrescentou, com algum interesse: – O que ele andou aprontando agora?

– Bom, poderíamos dizer que ele se perdeu.

– Minha nossa! – exclamou Miss Marple. – Onde ele deveria estar?

– Em sua cidade, no cabido da catedral. Mas não está – respondeu Pai.

– O que ele me disse – lembrou Miss Marple – é que ia para um congresso em Lucerna. Haveria um debate sobre os Manuscritos do Mar Morto, parece. Ele é um grande conhecedor de hebraico e aramaico.

– Sim. A senhora tem razão. Era para Lucerna que ele... Bem, era para lá que ele deveria ter ido.

– Quer dizer que ele não foi?

– Não. Não apareceu no congresso – respondeu Pai.

– Talvez tenha se confundido com as datas – disse Miss Marple.

– Sim, é muito provável.

– Infelizmente, não é a primeira vez que isso acontece – contou Miss Marple. – Uma vez, fui tomar chá com ele em Chadminster, e ele não estava em casa. A governanta me falou que o patrão era assim mesmo, distraído.

– Ele não falou nada para a senhora que pudesse nos servir de pista? – perguntou Pai, falando de maneira fluente e confidencial. – A senhora sabe a que me refiro.

Algum amigo que ele encontrou ou algum outro plano além do congresso de Lucerna.

– Não, não. Ele só falou do congresso de Lucerna. No dia 19, não?

– Sim, essa era a data do congresso.

– Não prestei muita atenção na data especificamente. Quer dizer... – como a maioria das mulheres idosas, Miss Marple se enrolou um pouco nesse ponto –, *achei* que ele tivesse dito 19, e talvez tenha dito 19 mesmo, mas pode ter dito 19 querendo dizer 20. Ou seja, pode ter pensado que o dia 20 era o dia 19, ou que o dia 19 era o dia 20.

– Bem... – disse Pai, ligeiramente confuso.

– Estou me expressando mal – disse Miss Marple. – O que estou querendo dizer é que pessoas como o cônego Pennyfather, quando falam quinta-feira, muitas vezes estão se referindo a quarta ou sexta. Geralmente, eles descobrem o engano a tempo, mas às vezes não. Deve ter acontecido alguma coisa assim.

Pai parecia levemente intrigado.

– A senhora fala como se já soubesse, Miss Marple, que o cônego Pennyfather não foi a Lucerna.

– Eu sabia que ele não estava em Lucerna na *quinta* – explicou Miss Marple –, porque ele passou o dia todo aqui, ou quase todo. Foi por isso que eu pensei que, embora ele tivesse dito quinta, queria dizer sexta. Ele foi embora na quinta à tarde, com sua bolsinha da BEA.

– Exato.

– Imaginei que ele estivesse indo para o aeroporto no momento – contou Miss Marple –, e por isso fiquei tão surpresa ao vê-lo de volta.

– Perdão, mas o que a senhora quer dizer com "de volta"?

– Ora, que ele voltou para cá.

– Vamos esclarecer as coisas – disse Pai, cuidando para falar de maneira casual, propícia a reminiscências, e não como se o caso fosse realmente importante. – A senhora viu o velho idio... isto é, a senhora viu o cônego Pennyfather sair daqui como se fosse para o aeroporto, com sua valise, no início da noite. Certo?

– Sim. Por volta das seis e meia, eu diria. Talvez quinze para as sete.

– Mas a senhora diz que ele *voltou*.

– Talvez tenha perdido o avião. Isso explicaria a volta dele.

– *Quando* foi que ele voltou?

– Não sei direito. Não o vi voltando.

– Oh – exclamou Pai, surpreendido. – Julguei ter ouvido a senhora dizer que o tinha *visto*.

– Sim, eu o vi. Mais tarde – disse Miss Marple. – Não vi o momento em que ele *chegou* ao hotel.

– Mais tarde quando?

Miss Marple pensou.

– Vejamos. Por volta das três da manhã. Eu não estava conseguindo dormir. Alguma coisa me acordou. Um barulho. Há tantos barulhos estranhos em Londres! Olhei para o meu relojinho. Eram três e dez. Por algum motivo, não me lembro direito, fiquei incomodada. Passos, talvez, em frente à minha porta. Quem mora no campo, quando escuta passos no meio da noite, fica nervoso. Então, abri a porta e olhei para fora. Vi o cônego Pennyfather saindo do quarto, que é colado ao meu, e descendo a escada de sobretudo.

– Ele saiu do quarto dele de sobretudo e desceu a escada às três da manhã?

– Sim – respondeu Miss Marple, acrescentando: – Achei esquisito no momento.

Pai encarou-a por um tempo.

– Miss Marple, por que a senhora não contou isso para ninguém até agora?

– Ora, ninguém me perguntou – respondeu ela, com simplicidade.

Capítulo 15

Pai soltou um suspiro profundo.

– É verdade – disse ele. – Imaginei que ninguém fosse lhe perguntar.

E voltou ao silêncio.

– O senhor acha que aconteceu alguma coisa com o cônego, não acha? – perguntou Miss Marple.

– Já faz mais de uma semana – disse Pai. – Ele não teve nenhum derrame na rua. Não está em nenhum hospital em consequência de um acidente. Onde estará? Seu desaparecimento foi noticiado na imprensa, mas até agora não apareceu ninguém com informações.

– Talvez não tenham visto. *Eu* não vi.

– Parece até... – Pai seguia sua linha de raciocínio – ... que ele *pretendia* desaparecer. Saindo daqui assim, no meio da noite. A senhora tem certeza, não? – perguntou sem rodeios. – Não foi um sonho?

– Tenho certeza absoluta – respondeu Miss Marple, com convicção.

Pai levantou-se.

– É melhor eu ir falar com a camareira – disse.

Encontrou Rose Sheldon em serviço e gostou da bela figura da moça.

– Desculpe incomodá-la – disse. – Sei que já conversou com o nosso sargento. Mas é sobre o cavalheiro desaparecido, o cônego Pennyfather.

– Oh, sim. Um senhor muito simpático. Costuma ficar aqui.

– Distraído – sugeriu Pai.

Rose Sheldon permitiu que um sorriso discreto aparecesse na respeitosa máscara do rosto.

– Vejamos – disse Pai, fingindo consultar suas anotações. – A última vez que você viu o cônego Pennyfather foi...

– Na quinta-feira de manhã, senhor. Quinta-feira, dia 19. Ele me disse que não voltaria naquela noite e talvez nem na noite seguinte. Acho que estava indo para Genebra. Algum lugar da Suíça. Entregou-me duas camisas que queria lavar, e eu disse que elas ficariam prontas no dia seguinte, de manhã.

– E essa foi a última vez que você o viu.

– Sim, senhor. Não trabalho à tarde. Volto só às seis da manhã. Nesse momento, ele já devia ter ido embora, ou pelo menos estava no andar de baixo, porque no quarto ele não estava. Deixou duas malas lá.

– Certo – disse Pai. O conteúdo das malas havia sido examinado, sem fornecer nenhuma pista útil. Pai continuou: – Você o chamou na manhã seguinte?

– Se o chamei? Não, senhor. Ele não estava.

– O que você fazia normalmente? Levava chá para ele? Café da manhã?

– Só chá. Ele tomava café da manhã no saguão.

– Então você nem chegou a entrar no quarto dele no dia seguinte.

– Oh, entrei sim, senhor. – Rose parecia chocada. – Entrei no quarto dele como sempre. Peguei suas camisas e, claro, espanei o quarto. Espanamos todos os quartos diariamente.

– A cama estava desarrumada?

Rose encarou-o.

– A cama, senhor? Não.

– Havia algum sinal de que alguém havia deitado nela?

A camareira respondeu que não com a cabeça.

— E o banheiro?

— Havia uma toalha de rosto úmida, senhor, que provavelmente tinha sido usada na noite anterior. O cônego deve ter lavado as mãos antes de sair.

— E não havia nada que indicasse que ele voltou ao quarto depois? Talvez bem tarde, depois da meia-noite.

A moça voltou a encará-lo, espantada. Pai abriu a boca e tornou a fechá-la. Ou ela não sabia nada sobre a volta do cônego, ou era uma excelente atriz.

— E as roupas dele, os ternos? Estavam arrumados nas malas?

— Não, senhor. Estavam pendurados no armário. Como o senhor deve saber, o quarto ainda estava reservado para ele.

— Quem fez as malas dele?

— A srta. Gorringe deu a ordem quando foi necessário desocupar o quarto para a nova hóspede.

Um relato bastante coerente. Mas se aquela senhora não mentira ao dizer que vira o cônego Pennyfather sair do quarto às três da manhã, na madrugada de sexta-feira, ele tinha que ter voltado para aquele quarto em algum momento. Ninguém o vira entrar no hotel. Será que ele, por algum motivo, evitou deliberadamente que o vissem? Não deixara sinais de presença no quarto. Nem sequer se deitara na cama. Será que Miss Marple tinha sonhado tudo aquilo? Na idade dela, era bem possível. Pai teve uma ideia.

— E a bolsa da companhia aérea?

— Perdão?

— Uma bolsinha azul da BEA ou BOAC. Você não viu?

— Ah, a bolsa. Vi sim, senhor. Mas, evidentemente, ele a levou para o exterior.

– Acontece que ele não foi para o exterior. Acabou não indo à Suíça. Portanto, deve ter deixado a bolsa aqui. Ou então voltou e deixou-a aqui com o resto da bagagem.

– Sim, sim. Não tenho certeza. Acho que deixou.

De modo inesperado, um pensamento cruzou a mente do inspetor-chefe Davy: "*Eles não lhe deram instrução sobre isso, não é?*".

Rose Sheldon mostrara-se calma e competente até o momento. Mas essa última pergunta a abalara. Ela não sabia a resposta que deveria dar. *Mas deveria saber.*

O cônego levara a bolsa para o aeroporto e voltara de lá. Se estivera novamente no Bertram, devia estar com a bolsa. *Mas Miss Marple não fez nenhuma menção a essa bolsa ao contar que vira o cônego Pennyfather sair do quarto e descer a escada.*

Tudo indicava que a bolsa havia sido deixada no quarto, mas não fora colocada no depósito de bagagens junto com as malas. Por que não? *Porque era para o cônego estar na Suíça?*

Davy agradeceu jovialmente a Rose e voltou para o térreo.

Cônego Pennyfather! Um enigma esse cônego Pennyfather! Falou bastante sobre a viagem à Suíça, embaralhou as coisas de modo a não viajar, voltou ao hotel tão secretamente que ninguém o viu e tornou a sair nem bem amanhecia. (Para onde? Para fazer o quê?).

Será que a simples distração explicava tudo?

Da escada, Pai lançou um olhar despeitado aos ocupantes do saguão, perguntando a si mesmo se *alguém* ali era o que aparentava ser. Ele mesmo já chegara àquele estágio! Gente idosa, gente de meia-idade (não havia nenhum jovem), gente simpática à moda antiga, quase todos prósperos, todos muito respeitáveis. Funcionários, advogados, clérigos; um casal americano perto da porta, uma família francesa perto da lareira. Ninguém que destoasse, ninguém deslocado; a maioria degustando um chá inglês das cinco. Poderia haver algo de errado num lugar onde se servia chá das cinco como antigamente?

O francês fez um comentário a mulher bastante condizente com o local.

– *Le five-o'-clock* – dizia. – *C'est bien anglais ça, n'est ce pas?* – Olhou em volta com aprovação.

"Le five-o'-clock", pensava Davy, saindo pela porta de vaivém. "Esse cara não sabe que '*le five-o'-clock*' é mais velho que a minha avó?"

Do lado de fora, várias malas e valises americanas estavam sendo colocadas num táxi. Parece que o sr. e a sra. Elmer Cabot estavam a caminho do Hotel Vendôme, Paris.

Ao lado do sr. Cabot, no meio-fio, a sra. Cabot dava suas opiniões ao marido.

– Os Pendlebury tinham razão sobre este lugar, Elmer. É realmente a velha Inglaterra, lindamente eduardiana. Dava para sentir que Eduardo VII poderia entrar na sala a qualquer momento e sentar-se para tomar o chá das cinco. Quero voltar aqui no ano que vem. De verdade.

– Se tivermos um milhão de dólares para gastar – disse o marido, secamente.

– Ora, Elmer, não foi tão caro *assim*.

Bagagem arrumada, o porteiro alto ajudou-os a entrar no táxi, murmurando "Muito obrigado" quando o sr. Cabot fez o gesto esperado. O táxi partiu. O porteiro dirigiu sua atenção para o inspetor Davy.

– Táxi, senhor?

Pai olhou para ele, avaliando-o.

Tinha mais de um metro e oitenta de altura. Um sujeito bonito. Um pouco acabado. Ex-combatente. Tinha um monte de medalhas – provavelmente genuínas. Astuto? Bebe demais.

Em voz alta, Davy perguntou:

– Ex-combatente?

– Sim, senhor. Guarda Irlandesa.

– Medalha militar. Onde a ganhou?

– Birmânia.

– Qual o seu nome?

– Michael Gorman. Sargento.

– Gosta de trabalhar aqui?

– É um lugar tranquilo.

– Não preferiria o Hilton?

– Não. Gosto daqui. Os hóspedes são ótimos, muitos turfistas, que vêm assistir às corridas de Ascot e Newbury. De vez em quando me dão bons palpites.

– Ah, então é irlandês e jogador.

– O que seria da vida sem apostas?

– Sossegada e monótona – disse Davy. – Como a minha.

– É mesmo?

– Consegue adivinhar minha profissão? – perguntou Pai.

O irlandês sorriu.

– Não me leve a mal, mas diria que é um tira.

– Acertou de primeira – disse o inspetor Davy. – Lembra-se do cônego Pennyfather?

– Cônego Pennyfather... Não me lembro desse nome.

– Um clérigo idoso.

Michael Gorman riu.

– Olha, o que não falta por aqui são clérigos.

– Esse desapareceu.

– Ah, *aquele*! – exclamou o porteiro, ligeiramente surpreso.

– Você o conhecia?

– Não me lembraria se as pessoas não me fizessem tantas perguntas sobre ele. Tudo o que eu sei é que o coloquei num táxi e que ele foi para o clube Athenaeum. Essa foi a última vez que o vi. Alguém me contou que ele pretendia ir para a Suíça, mas não foi. Dizem que se perdeu.

– Não o viu mais tarde naquele dia?
– Mais tarde... Não.
– A que horas deixa o serviço?
– Onze e meia.

Davy assentiu com a cabeça, recusou um táxi e começou a andar lentamente pela Pond Street. Um carro passou roncando ao seu lado, rente ao meio-fio, e estacionou em frente ao Hotel Bertram, com um ranger de freios. O inspetor Davy virou a cabeça discretamente e reparou no número da placa. FAN 2266. Aquele número lhe lembrava algo, mas não sabia o quê.

Devagar, voltou para o ponto de onde tinha vindo. Mal chegara à entrada quando o motorista do carro, que havia entrado no hotel um pouco antes, tornou a sair. Combinava com o carro, que era um modelo de corrida, branco com linhas longas e reluzentes. O jovem motorista tinha o mesmo olhar ávido de um galgo, belo rosto e um corpo sem um centímetro sobressalente.

O porteiro segurou a porta aberta do carro, o rapaz entrou, deu uma moeda para o porteiro e arrancou, com uma explosão do motor possante.

– Sabe quem é ele? – perguntou Michael Gorman.
– Um sujeito perigoso ao volante.
– Ladislaus Malinowski. Venceu o Grand Prix há dois anos. Campeão mundial. Bateu feio no ano passado. Dizem que ele já está recuperado.
– Não me diga que ele está hospedado no Bertram. Não tem nada a ver.

Michael Gorman riu.

– Não. Ele não está hospedado aqui. Mas uma amiga dele está... – disse, piscando o olho.

Um funcionário de avental listrado apareceu com mais bagagem americana de luxo.

Davy ficou observando distraído a colocação das malas num Daimler alugado enquanto procurava se lembrar o que sabia sobre Ladislaus Malinowski. Um sujeito impulsivo – dizia-se que tinha ligação com uma mulher muito conhecida – como era seu nome? Ainda contemplando a movimentação das malas, ia dar meia-volta quando mudou de ideia e entrou novamente no hotel.

Foi até o balcão da recepção e pediu à srta. Gorringe o registro dos hóspedes. A srta. Gorringe estava ocupada com os americanos que iam embora e empurrou o caderno na direção dele. O inspetor foi virando as páginas.

> Lady Selina Hazy, Little Cottage, Merryfield, Hants.
> Sr. e sra. Hennessey King, Elderberries, Essex.
> Sir John Woodstock, Beaumont Crescent 5, Cheltenham.
> Lady Sedgwick, Hurstings House, Northumberland.
> Sr. e sra. Elmer Cabot, Connecticut.
> General Radley, The Green 14, Chichester.
> Sr. e sra. Wolmer Pickington, Marble Head, Connecticut.
> La Comtesse de Beauville, Les Sapins, St. Germain en Laye.
> Miss Jane Marple, St. Mary Mead, Much Benham.
> Coronel Luscombe, Little Green, Suffolk.
> Sra. Carpenter, The Hon. Elvira Blake.
> Cônego Pennyfather, The Close, Chadminster.

Sra. Holding, sr. Holding, srta. Audrey Holding, The Manor House, Carmanton.
Sr. e sra. Ryesville, Valley Forge, Pensilvânia.
Duque de Barnstable, Doone Castle, N. Devon...

Uma amostra das pessoas que se hospedavam no Hotel Bertram. Formavam, pensou, uma espécie de padrão...

Ao fechar o caderno, um nome escrito nas primeiras páginas chamou-lhe a atenção. Sir William Ludgrove.

O juiz Ludgrove, que havia sido reconhecido por um oficial de justiça perto de um banco roubado. O juiz Ludgrove... o cônego Pennyfather... ambos clientes do Hotel Bertram.

– Espero que tenha gostado do chá, senhor. – Era Henry, de pé a seu lado. Falava gentilmente, com a ligeira ansiedade do anfitrião perfeito.

– O melhor chá que tomei nos últimos anos – disse Davy.

Lembrou-se que ainda não pagara. Tentou pagar, mas Henry não deixou.

– De forma alguma, senhor. Disseram-me que seu chá é cortesia da casa. Ordem do sr. Humfries.

Henry afastou-se. Davy ficou na dúvida se deveria ter dado uma gorjeta a Henry. Era desconcertante pensar que Henry sabia a resposta para esse problema social muito melhor do que ele!

O inspetor Davy estava andando pela rua quando parou de repente. Tirou do bolso seu bloquinho de anotações e escreveu um nome e um endereço. Não havia tempo a perder. Entrou numa cabine telefônica. Ia arriscar-se. Acontecesse o que acontecesse, ia apostar tudo num palpite.

Capítulo 16

Era o guarda-roupa que preocupava o cônego Pennyfather. Ainda não havia acordado direito, e o guarda-roupa o preocupava. Até que se esqueceu dele e voltou a dormir. Mas quando abriu os olhos novamente, lá estava o guarda-roupa no lugar errado. O cônego estava deitado sobre o lado esquerdo, de frente para a janela, e o guarda-roupa deveria estar ali, entre a janela e ele. Mas não estava. Estava à direita, e isso o preocupava. Preocupava tanto que chegava a cansá-lo. Ele tinha consciência de que a cabeça lhe doía muito, e, ainda por cima, aquele guarda-roupa no lugar errado. Nesse momento, seus olhos se fecharam de novo.

Havia mais luz no quarto na segunda vez que acordou. Ainda não havia amanhecido. O quarto era iluminado pela fraca luz da alvorada. "Meu Deus!", pensou o cônego Pennyfather, compreendendo de repente a questão do guarda-roupa. "Que idiota que eu sou! É claro: não estou em casa."

Mexeu-se com cuidado. Não, aquela não era sua cama. Ele não estava em casa. Estava... Onde ele estava? Ah, claro. Havia ido para Londres, não? Estava no Hotel Bertram e... Não, não estava no Hotel Bertram. No Hotel Bertram, sua cama ficava de frente para a janela.

– Meu pai, onde é que estou? – perguntava-se o cônego Pennyfather.

Lembrou-se, então, que estava indo para Lucerna. "Claro", disse para si mesmo, "estou em Lucerna". Começou a pensar no trabalho que ia ler, mas não pensou nisso por muito tempo. Pensar no congresso piorava a dor de cabeça, de modo que ele resolveu dormir de novo.

Quando acordou dessa vez, sua cabeça estava muito mais clara. Além disso, havia mais luz no quarto. Ele não estava em casa, não estava no Hotel Bertram e tinha quase certeza de que não estava em Lucerna. Aquilo não era um quarto de hotel. Examinou mais detidamente o local. Era um quarto totalmente desconhecido, com poucos móveis. Uma espécie de armário (que ele confundira com o guarda-roupa) e uma janela com cortinas floridas, pelas quais passava a luz. Uma cadeira, uma mesa e uma cômoda. E nada mais.

– Senhor, que coisa mais estranha! – exclamou o cônego Pennyfather. – Onde é que eu estou?

Pensou em levantar-se para averiguar, mas quando se sentou na cama, a cabeça lhe doeu tanto que ele deitou de novo.

– Devo ter ficado doente – concluiu o cônego Pennyfather. – Com certeza, foi isso. – Pensou por um ou dois minutos e depois disse, baixinho: – Aliás, acho que ainda estou doente. Será gripe? – dizem que chega de repente. Talvez... Talvez tivesse adoecido no jantar no Athenaeum. Sim. Lembrava-se que havia jantado no Athenaeum.

Ouviu sons de movimento. Talvez o tivessem levado para uma clínica de repouso. Não, aquilo não lhe parecia uma clínica de repouso. Com a luz do dia, via-se que se tratava de um quarto bem modesto e mal mobiliado. Os sons de movimento continuavam. Lá de baixo, alguém gritou:

– Tchau, queridos. Hoje à noite vai ter salsicha e purê.

Salsicha e purê. O cônego Pennyfather ficou pensando naquilo. As palavras tinham uma qualidade agradável.

– Acho que estou com fome – disse para si mesmo.

A porta abriu-se. Uma mulher de meia-idade entrou, foi até as cortinas, puxou-as um pouco e virou-se para a cama.

– Ah, acordou – disse. – Como está se sentindo?

– Na verdade – respondeu o cônego Pennyfather, com fraqueza –, não sei direito.

– Ah, imagino. O senhor estava muito mal. Levou uma pancada forte na cabeça, disse o médico. Esses motoristas! Não param nem depois de atropelar uma pessoa.

– Eu sofri um acidente? – quis saber o cônego Pennyfather. – Um acidente de carro?

– Isso mesmo – respondeu a mulher. – Nós o encontramos na beira da estrada quando voltávamos para casa. No início, achamos que o senhor estivesse bêbado. – Riu ao lembrar-se. – Mas meu marido achou melhor dar uma olhada. Podia ter sido um acidente, ele disse. Não havia cheiro de bebida, nem sangue. Mas o senhor estava lá, estirado como um defunto. Então meu marido disse: "Não podemos deixá-lo jogado aí", e o trouxemos para casa. Entendeu?

– Ah – fez o cônego Pennyfather, surpreso com tantas revelações. – Um bom samaritano o seu marido.

– Ele viu que o senhor era um sacerdote e disse: "É um homem de respeito". E achou melhor não chamar a polícia, pois o senhor poderia não gostar, sendo clérigo. O senhor podia estar bêbado, mesmo não havendo cheiro de bebida. Resolvemos, então, chamar o dr. Stokes para examiná-lo. Nós ainda o chamamos de dr. Stokes, embora ele não possa mais clinicar. Um homem muito bondoso, um pouco amargurado, claro, pela proibição de trabalhar. E tudo porque tem um coração muito bom. Ajudou um monte moças, todas pilantras. Mas voltando: como ele é um médico excelente, resolvemos chamá-lo para olhar o senhor. Disse que o senhor não teve nada grave, só uma ligeira concussão. A única recomendação era para deixá-lo descansar sossegado num quarto escuro. "Olha", ele disse, "não quero me meter. O que estou dizendo é em caráter extraoficial. Não tenho direito de receitar nem de falar nada. Mas acho que o certo seria avisar a polícia. Se vocês não quiserem, não precisa". Deem uma chance ao pobre velho, foi o que ele disse. Desculpe-me se eu estiver sendo um pouco desrespeitosa, mas o dr. Stokes é assim, um pouco rude. Diz tudo o que lhe vem à cabeça. Agora, que tal uma sopa ou um pão quentinho e um pouco de leite?

– Qualquer coisa será muito bem-vinda – disse o cônego Pennyfather, sem forças.

Deixou-se cair sobre os travesseiros. Um acidente? Então foi *isso*. Sofrera um acidente e não conseguia se lembrar de nada! Alguns minutos depois, a boa mulher voltou, trazendo uma tigela fumegante numa bandeja.

– O senhor vai se sentir melhor depois disso – falou. – Eu teria colocado uma gota de uísque ou de conhaque, mas o médico disse que o senhor não pode tomar nada de álcool.

– Está certo – disse o cônego Pennyfather. – Não com uma concussão. Não. Não seria aconselhável.

– Vou colocar mais um travesseiro para o senhor se encostar, está bom, filhinho? Pronto. Tudo bem?

O cônego Pennyfather ficou um pouco espantado por ser tratado de "filhinho", mas convenceu-se de que a intenção era boa.

– Upa! – disse a mulher. – Pronto.

– Onde estamos? – perguntou o cônego. – Digo, onde eu estou? Que lugar é este?

– Milton St. John – respondeu a mulher. – Não conhece?

— Milton St. John? — repetiu o cônego Pennyfather. — Nunca ouvi falar.

— Bom, não é um lugar importante. É uma pequena aldeia.

— A senhora foi muito bondosa — disse o cônego Pennyfather. — Posso saber seu nome?

— Sra. Wheeling. Emma Wheeling.

— A senhora é muito bondosa — disse novamente o cônego Pennyfather. — Mas e o acidente? Simplesmente não me lembro...

— Tire isso da cabeça, filhinho, que você se sentirá melhor e em condições de se lembrar das coisas.

— Milton St. John — disse o cônego Pennyfather, em tom de admiração. — Esse nome não me diz *nada*. Que coisa extraordinária!

Capítulo 17

Sir Ronald Graves desenhou um gato no seu bloco de notas. Olhou para a figura corpulenta do inspetor-chefe Davy sentado à sua frente e desenhou um buldogue.

– Ladislaus Malinowski? – disse. – Pode ser. Tem alguma prova?

– Não. Mas ele preencheria os requisitos, não?

– Um sujeito audacioso. Frio. Venceu o campeonato mundial. Sofreu um grave acidente de carro há cerca de um ano. Tem uma péssima reputação com as mulheres. Fontes de renda duvidosas. Gasta à vontade, tanto aqui quanto no exterior. Está sempre viajando para o continente. Acha que ele é o homem por trás desses roubos organizados e assaltos?

– Não creio que seja ele quem planeja. Mas acho que está envolvido.

– Por quê?

– Em primeiro lugar, ele tem um Mercedes-Otto, modelo de corrida. Um carro que corresponde ao que foi visto perto de Bedhampton na manhã do assalto ao trem postal. Placas diferentes, mas já estamos acostumados com isso. E o truque é sempre o mesmo: números diferentes, mas não tão diferentes assim. FAN 2299 em vez de 2266. Não existem tantos Mercedes-Otto desse tipo circulando por aí. Lady Sedgwick tem um e o jovem lorde Merrivale tem outro.

– Não acha que Malinowski seja o líder?

– Não. Acho que há cabeças melhores que a dele na liderança. Mas ele está envolvido. Dei uma olhada nos arquivos. No caso do assalto ao Midland & West London.

Três vans, olha que coincidência, estavam bloqueando a rua. E um Mercedes-Otto que estava no local conseguiu fugir graças a isso.

– O carro foi interceptado depois.

– Sim, e liberado. Porque as pessoas que prestaram depoimento não tinha certeza da placa. Diziam que era FAM 3366. O número da placa de Malinowski é FAN 2266. Sempre a mesma coisa.

– E você teima em ligar tudo isso com o Hotel Bertram. Desencavaram algum material sobre o Bertram para você?

Pai bateu no bolso.

– Está aqui. Empresa devidamente registrada. Balanço, capital saldado, diretores etc. etc. etc. Não significa nada! Esses grupos financeiros são todos iguais, cobras engolindo cobras. Empresas, *holdings*... Ficamos até tontos!

– Ora, Pai. É assim que eles fazem na City. Tem a ver com impostos...

– O que eu quero são os fatos. Se o senhor me der autorização, gostaria de falar com alguns dos chefões.

O comissário assistente ficou olhando para ele.

– O que você está chamando de "chefões"?

Pai citou um nome.

O comissário assistente parecia preocupado.

– Não sei se deveríamos abordar esse sujeito.

– Pode ser muito útil.

Houve uma pausa. Os dois homens ficaram se olhando. Pai com sua aparência bovina, plácida e paciente. O comissário assistente cedeu.

– Você é teimoso mesmo, Fred – disse. – Faça como quiser. Vá lá incomodar os mentores dos financistas internacionais da Europa.

– *Ele* sabe – disse Davy. – Ele *sabe*. E se não souber, pode descobrir com apenas um telefonema.

– Não creio que ele vá ficar muito feliz.

– Provavelmente não – concordou Pai –, mas não lhe tomará muito tempo. Só que eu preciso do respaldo de uma autoridade.

– Você está realmente levando a sério esse Hotel Bertram, não está? Mas o que você descobriu até agora? Que é um lugar bem administrado, com uma clientela respeitável, sem problemas com alvarás.

– Eu sei, eu sei. Nada de bebidas, drogas, jogo, hospedagem de criminosos. Tudo transparente como água. Nada de *beatniks*, marginais, delinquentes juvenis. Apenas senhoras vitorianas-eduardianas sóbrias, famílias nobres, viajantes estrangeiros de Boston e dos lugares mais respeitáveis dos Estados Unidos. Apesar disso, um respeitável cônego da igreja foi visto saindo de lá às três da manhã de maneira um tanto quanto secreta...

– Quem disse isso?

– Uma senhora.

– Como ela conseguiu vê-lo? Por que ela não estava na cama, dormindo?

– Senhoras idosas são assim mesmo, senhor.

– Você não está falando do... como é mesmo o nome dele? Cônego Pennyfather.

– Ele mesmo, senhor. Seu desaparecimento foi comunicado, e Campbell andou investigando.

– Coincidência curiosa. O nome dele foi citado no caso do roubo em Bedhampton.

– É mesmo? Por quem, senhor?

– Outra senhora idosa. Ou pelo menos, de meia--idade. Quando o trem foi detido por aquele sinal adulterado, muitas pessoas acordaram e foram espiar no corredor. Essa senhora, que mora em Chadminster e conhece o cônego Pennyfather de vista, disse que o viu entrando no trem por uma das portas. Ela achava que ele tinha saído para ver o que estava acontecendo e estava voltando. Íamos seguir nessa direção, por conta de seu desaparecimento...

– Vejamos... O trem foi detido às cinco e meia da manhã. O cônego Pennyfather saiu do Hotel Bertram um pouco depois das três horas da madrugada. Sim, daria tempo. Se ele tivesse sido levado até lá, digamos, num carro de corrida...

– Voltamos a Ladislaus Malinowski!

O comissário assistente olhou para os rabiscos que fizera no bloco de notas.

– Você é mesmo um buldogue tenaz, Fred – disse.

Meia hora depois, o inspetor Davy entrava numa sala tranquila e bastante modesta.

O homem corpulento atrás da mesa levantou-se e estendeu a mão.

– Inspetor-chefe Davy? Por favor, sente-se – disse ele. – Aceita um charuto?

Davy respondeu que não com a cabeça.

– Peço desculpas – disse, com sua voz profunda de camponês – por roubar alguns minutos de seu precioso tempo.

O sr. Robinson sorriu. Era um homem gordo e muito bem-vestido. Tinha o rosto amarelado, olhos escuros e tristes, a boca larga e generosa. Sorria com frequência, exibindo dentes enormes. "Para te comer melhor", pensou o inspetor Davy. Seu inglês era perfeito, sem sotaque, mas ele não era da Inglaterra. Pai, como inúmeras pessoas antes dele, estava curioso para saber qual seria sua nacionalidade.

– Bem, como posso ajudá-lo?

– Eu gostaria de saber – disse Davy – quem é o dono do Hotel Bertram.

A expressão no rosto do sr. Robinson não mudou. Ele mostrou-se impassível diante daquele nome.

– O senhor quer saber quem é o dono do Hotel Bertram. Esse hotel fica na Pond Street, creio eu, na altura de Piccadilly.

– Exato.

– Já fiquei lá algumas vezes. Um lugar tranquilo. Bem administrado.

– Sim – concordou Pai –, muito bem administrado mesmo.

– E o senhor quer saber quem é o dono? Isso deve ser fácil de descobrir.

Havia uma ponta de ironia por trás daquele sorriso.

– Pelos meios de sempre, o senhor quer dizer? Ah, sim. – Pai tirou do bolso um pedaço de papel e leu em voz alta três ou quatro nomes com seus respectivos endereços.

– Sei – disse o sr. Robinson. – Alguém deve ter tido um trabalhão para fazer isso. Interessante. E o senhor veio me procurar.

– O senhor é a pessoa mais indicada.

– Para falar a verdade, não sei. Mas posso conseguir essa informação. Temos... – disse, encolhendo os ombros largos e gordos – temos nossos contatos.

– Sim, senhor – disse Pai, com o rosto imperturbável.

O sr. Robinson olhou para ele e pegou o telefone em cima da mesa.

– Sônia? Passe-me para o Carlos. – Esperou um ou dois minutos e disse: – Carlos? – falou rapidamente meia dúzia de frases num idioma estrangeiro que o inspetor--chefe Davy nem conseguiu identificar qual era.

Sabia falar um bom francês com sotaque inglês. Arranhava o italiano e entendia por alto o alemão simples dos turistas. Conhecia os sons do espanhol, russo e árabe, embora não entendesse a língua. Aquele idioma não era nenhum desses. Talvez se tratasse de turco, persa ou armênio, mas não tinha certeza. O sr. Robinson colocou o fone no gancho.

– Não acho – disse, com alegria – que devemos esperar muito tempo. Fiquei interessado. Muito interessado. Já me perguntei algumas vezes...

Pai o olhava, curioso.

– Sobre o Hotel Bertram – completou o sr. Robinson. – Do ponto de vista financeiro. Como é que o lugar se mantém. Mas isso não é da minha conta. É bom saber – disse, encolhendo os ombros – que existe um hotel confortável, com uma gerência excepcional e ótimos empregados. Sim, tenho pensado a respeito. – Olhou para Davy. – Sabe como e por quê?

– Ainda não – respondeu Pai –, mas quero saber.

– Existem diversas possibilidades – disse o sr. Robinson, ponderadamente. – É como a música. Há um número limitado de notas em cada oitava, mas podemos combiná-las... de milhões de maneiras diferentes. Um músico me contou uma vez que não se pode obter a mesma melodia duas vezes. Muito interessante.

Uma campainha tocou de leve em cima da mesa, e o sr. Robinson pegou de novo o telefone.

– Sim? Sim, você foi bem rápido. Fico feliz. Sei. Oh! Amsterdã. Sim. Ah... Obrigado... Sim. Poderia soletrar? Ótimo.

Anotou alguma coisa num bloco que tinha à mão.

– Espero que isto lhe seja útil – disse, rasgando a folha e entregando-a ao inspetor-chefe Davy, que leu o nome em voz alta.

– Wilhelm Hoffman.

– Nacionalidade suíça – disse o sr. Robinson. – Mas diria que ele não nasceu na Suíça. Tem grande influência nos círculos bancários e, apesar de se manter dentro da lei, já participou de inúmeros negócios suspeitos. Opera somente fora, nunca aqui.

– Oh.

– Mas ele tem um irmão – disse o sr. Robinson. – Robert Hoffman. Mora em Londres. Trabalha com diamantes. Tem uma empresa conhecida. A esposa é holandesa. Também tem filiais em Amsterdã. Seu pessoal deve ter informações sobre ele. Como eu disse, trabalha principalmente com diamantes, mas é um sujeito muito rico, tem muitas propriedades, que em geral não estão em seu nome. Sim, ele está por trás de um monte de empresas. Ele e o irmão são os verdadeiros donos do Hotel Bertram.

– Obrigado, senhor – disse o inspetor, levantando-se. – Nem preciso dizer o quanto lhe sou grato. Incrível! – acrescentou, permitindo-se demonstrar mais entusiasmo do que o normal.

– E eu não sei? – perguntou o sr. Robinson, com um de seus sorrisos largos. – Essa é uma das minhas especialidades. Informações. Eu gosto de saber. Foi por isso que o senhor veio falar comigo, não foi?

– Bem – disse o inspetor Davy –, conhecemos o senhor. O Ministério do Interior, a Divisão Especializada e os outros departamentos. – Acrescentou de maneira quase ingênua: – Foi até ousadia da minha parte vir procurá-lo.

O sr. Robinson sorriu de novo.

– Considero o senhor uma personalidade muito interessante, inspetor – disse. – Desejo-lhe sucesso em todas as suas iniciativas.

– Obrigado, senhor. Vou precisar mesmo. A propósito, esses dois irmãos. O senhor diria que eles são violentos?

– De forma alguma – respondeu o sr. Robinson. – Seria totalmente contra a política deles. Os irmãos Hoffman não usam de violência em questões comerciais. Eles têm outros métodos que funcionam melhor. Podemos dizer que a cada ano eles ficam mais ricos. Pelo menos é o que consta nos círculos bancários suíços.

– Um lugar conveniente a Suíça – disse Davy.

– Realmente. Não sei o que faríamos sem a Suíça! Tanta integridade. Tanto tino para os negócios! Sim, todos nós, homens de negócios, devemos ser gratos à Suíça. Eu mesmo – acrescentou – tenho uma ótima opinião sobre Amsterdã. – Fitou Davy, sorriu de novo, e o inspetor-chefe saiu.

Quando chegou à repartição, Pai encontrou um bilhete à sua espera.

O cônego Pennyfather apareceu, salvo, mas não ileso. Parece que foi atropelado por um carro em Milton St. John e sofreu uma concussão.

Capítulo 18

O cônego Pennyfather olhava para o inspetor-chefe Davy e para o inspetor Campbell, e os inspetores olhavam para ele. O cônego estava em casa de novo, sentado na grande poltrona da biblioteca, um travesseiro sob a cabeça, os pés num pufe e uma manta sobre os joelhos para realçar sua condição de enfermo.

– Infelizmente – dizia, com educação –, não me lembro de nada.

– O senhor não se lembra do acidente, quando o carro o atropelou?

– Infelizmente não.

– Então como o senhor sabe que um carro o atropelou? – indagou o inspetor Campbell.

– Uma mulher... senhora... como é que se chamava? Sra. Wheeling? Ela me contou.

– E como ela sabia?

O cônego Pennyfather ficou intrigado.

– É verdade. Como é que ela sabia? Deve ter chegado a essa conclusão.

– E o senhor realmente não se lembra de *nada*? Como o senhor foi parar em Milton St. John.

– Não tenho a mínima ideia – disse o cônego Pennyfather. – Até o nome me parece estranhíssimo.

A exasperação do inspetor Campbell crescia, mas o inspetor Davy disse, com a voz calma:

– Conte-nos a última coisa de que se lembra.

O cônego Pennyfather virou-se para ele, aliviado. O ceticismo do inspetor Campbell o deixara constrangido.

– Eu estava indo para um congresso em Lucerna. Peguei um táxi para o aeroporto... para o terminal aéreo de Kensington.

– Sim. E depois?

– É só. Não me lembro de mais nada. Minha próxima lembrança é o guarda-roupa.

– Que guarda-roupa? – perguntou o inspetor Campbell.

– Estava no lugar errado.

O inspetor Campbell se viu tentado a entrar nessa questão do guarda-roupa no lugar errado, mas o inspetor-chefe Davy o interrompeu.

– O senhor se lembra de ter chegado ao terminal aéreo?

– Acho que sim – respondeu o cônego Pennyfather, sem a mínima certeza.

– E o senhor pegou o avião para Lucerna.

– Peguei? Não me lembro.

– O senhor se lembra de ter voltado para o Hotel Bertram naquela noite?

– Não.

– O senhor se lembra do Hotel Bertram?

– Claro. Eu estava hospedado lá. Muito confortável. Mantive a reserva do quarto.

– O senhor se lembra de ter viajado de trem?

– De trem? Não, não me lembro de nenhum trem.

– Houve um assalto. O trem foi roubado. *Disso*, cônego Pennyfather, o senhor tem que se lembrar.

– Deveria, não? – disse o cônego Pennyfather. – Mas na verdade, não me lembro. – Olhou para os oficiais, com um sorriso afável.

– Então, tudo o que o senhor tem a declarar é que não se lembra de nada desde o momento em que pegou o táxi para o terminal aéreo até acordar na casa dos Wheeling em Milton St. John.

– Não há nada de estranho nisso – afirmou o cônego Pennyfather. – Costuma acontecer em casos de concussão.

– O que o senhor pensou que tinha acontecido quando acordou?

– Eu estava com tanta dor de cabeça que nem conseguia pensar. Depois, claro, comecei a me perguntar onde eu estava, e a sra. Wheeling me explicou e me trouxe uma sopa excelente. Ela me chamava de "queridinho", "amorzinho" e "filhinho" – contou o cônego Pennyfather, com ligeira aversão –, mas ela foi muito bondosa. Muito mesmo.

– Ela deveria ter dado parte do acidente à polícia. O senhor, então, teria sido levado para o hospital e recebido o tratamento adequado – disse Campbell.

– Ela cuidou muito bem de mim – protestou o cônego, com veemência –, e, pelo que sei, em casos de concussão não há muito a fazer além de manter o paciente em repouso.

– Se o senhor se lembrar de mais alguma coisa, cônego Pennyfather...

O cônego o interrompeu.

– Parece que perdi quatro dias inteiros da minha vida – disse ele. – Muito curioso. Realmente. Eu só queria saber onde eu estava e o que estava fazendo ali. O médico disse que talvez eu volte a me lembrar de tudo. É possível também que não volte. Provavelmente jamais saberei o que aconteceu comigo durante esses dias. – Suas pálpebras tremelicaram. – Desculpem-me. Acho que estou muito cansado.

– Agora chega – disse a sra. McCrae, que ficara junto à porta, pronta a intervir se julgasse necessário. Andou em direção a eles. – O médico recomendou que ele não fosse perturbado – disse, com firmeza.

Os policiais levantaram-se e foram até a porta. A sra. McCrae acompanhou os dois até a saída, como um cão pastor consciencioso. O cônego Pennyfather murmurou alguma coisa, e o inspetor Davy, que foi o último a passar pela porta, deu meia-volta imediatamente.

– O quê? – perguntou, mas os olhos do cônego já estavam fechados.

– O que você acha que ele disse? – indagou Campbell depois que eles saíram, recusando o lanche que a sra. McCrae oferecera por formalidade.

Pai disse, pensativo:

– Acho que ele falou "as muralhas de Jericó".

– O que significa isso?

– Parece algo bíblico – respondeu Pai.

– Acha que algum dia saberemos como é que esse velho foi de Cromwell Road até Milton St. John?

– Pelo visto, da parte dele não conseguiremos muita ajuda – respondeu Davy.

– Aquela mulher que diz que o viu no trem depois do assalto. Será que ela está certa? Será que ele está envolvido nesses roubos? Parece impossível. O cônego é um senhor respeitável, em todos os sentidos. Difícil imaginar que um membro da catedral de Chadminster esteja metido num roubo de trem, não acha?

– Sim – respondeu Pai, pensativo. – Assim como é difícil imaginar o juiz Ludgrove envolvido num assalto a banco.

O inspetor Campbell olhou para seu superior com curiosidade.

A expedição a Chadminster concluiu com uma breve e improfícua visita ao dr. Stokes.

O dr. Stokes mostrou-se arredio e agressivo.

– Conheço os Wheeling há um bom tempo. Praticam a política da boa vizinhança em relação a mim. Pegaram um velho na beira da estrada. Não sabiam se ele estava bêbado ou doente. Pediram-me para examiná-lo. Expliquei que ele não estava bêbado, que havia sofrido uma concussão...

– E o senhor tratou dele depois disso.

– Não. Não tratei dele, nem receitei nada. Não sou médico... já fui, mas não sou mais... Falei que eles deveriam avisar a polícia. Se eles avisaram ou não, eu não sei. Não é da minha conta. Os dois são meio ignorantes, mas são boas pessoas.

– O senhor não pensou em ligar para a polícia?

– Não, não pensei. Não sou médico. O caso não tinha nada a ver comigo. Como ser humano, aconselhei que não lhe dessem uísque e que o mantivessem em repouso até a polícia chegar.

O dr. Stokes encarou-os com má vontade, e eles tiveram de deixar tudo como estava.

Capítulo 19

O sr. Hoffman era um homem grande, de olhar firme. Dava a impressão de ter sido esculpido em madeira – teca, de preferência.

Seu rosto era tão inexpressivo que suscitava a pergunta: seria ele capaz de pensar, de sentir emoção? Parecia impossível.

Suas maneiras eram bastante corretas.

Ele levantou-se, curvou-se e estendeu a mão cuneiforme.

– Inspetor-chefe Davy? Há alguns anos tive o prazer... talvez o senhor nem se lembre...

– Oh, é claro que me lembro, sr. Hoffman. O caso do diamante de Aaronberg. O senhor foi testemunha do promotor, uma testemunha excelente, a propósito. A defesa não conseguiu abalá-lo.

– Não me abalo com facilidade – disse o sr. Hoffman, sério.

De fato não parecia um homem que se abalava com facilidade.

– Em que posso ajudá-lo? – continuou. – Nenhum problema, espero... Quero ter sempre uma boa relação com a polícia. Tenho a maior admiração pela sua excelente força policial.

– Não, nenhum problema. Só queremos que o senhor confirme uma pequena informação.

– Será um prazer ajudar no que eu puder. Como digo sempre, tenho grande estima pela Força Policial de Londres. Seus homens são esplêndidos, tão íntegros e justos.

– Assim o senhor me deixa sem graça – disse Pai.

– Às suas ordens. O que é que o senhor deseja saber?

– Queria lhe pedir algumas informações sobre o Hotel Bertram.

O rosto do sr. Hoffman não se alterou. Talvez se pudesse dizer que sua postura, por um breve instante, tornou-se ainda mais estática do que antes. Mais nada.

– Hotel Bertram? – repetiu ele, ligeiramente intrigado. Parecia até que ele não se lembrava do Hotel Bertram ou que não sabia se conhecia ou não um Hotel Bertram.

– O senhor tem uma certa ligação com esse hotel, não tem, sr. Hoffman?

O sr. Hoffman mexeu os ombros.

– É tanta coisa – disse ele. – Não dá para lembrar de tudo. Tantos negócios... tantos... vivo ocupadíssimo.

– O senhor atua em diversas áreas, isso eu sei.

– Sim – disse o sr. Hoffman, com um sorriso duro. – Consigo bons resultados, é isso o que o senhor quer dizer? E portanto acredita que tenho ligações com esse tal Hotel Bertram.

– Não deveria ter falado ligação. Na realidade, o senhor é o dono, não é? – perguntou Pai, com bom humor.

Dessa vez, o sr. Hoffman empertigou-se.

– Quem lhe contou *isso*, posso saber? – indagou, calmamente.

– É verdade, não é? – insistiu Davy, animado. – Um ótimo lugar. O senhor deve se orgulhar muito dele.

– Oh, sim – disse Hoffman. – No momento... não me lembro direito... – sorriu, com desprezo. – Sou dono de muitos imóveis em Londres. Um bom investimento, imóveis. Quando aparece alguma coisa no mercado que me parece boa e barata, eu invisto.

– E o Hotel Bertram foi barato?

— Como empresa, estava quase falido — respondeu o sr. Hoffman, sacudindo a cabeça.

— Bem, mas já se recuperou — disse Pai. — Fui lá outro dia. Fiquei muito impressionado com a atmosfera do local. Excelente clientela, ambiente confortável, à moda antiga, silencioso, com muito luxo, sem ostentação.

— Sei muito pouco a respeito — explicou o sr. Hoffman. — Esse hotel é apenas um dos meus investimentos. Mas acredito que esteja indo bem.

— Sim. O senhor tem um maravilhoso gerente na administração. Como é mesmo o nome dele? Humfries? Sim, Humfries.

— Um homem excelente — disse o sr. Hoffman. — Deixo tudo nas mãos dele. Olho o balanço só uma vez por ano, para ver se está tudo bem.

— O hotel estava cheio de aristocratas — disse Pai. — Além de turistas americanos ricos. — O inspetor Davy balançou a cabeça, pensativo. — Uma combinação maravilhosa.

— O senhor disse que esteve lá há pouco tempo — disse o sr. Hoffman. — Espero que não oficialmente.

— Nada de mais. Só estava querendo resolver um mistério.

— Mistério? No Hotel Bertram?

— Pois é. O caso do Clérigo desaparecido, poderíamos dizer.

— Está brincando — disse o sr. Hoffman. — O senhor fala como Sherlock Holmes.

— Esse clérigo saiu do hotel um dia e nunca mais foi visto.

— Peculiar — disse o sr. Hoffman —, mas essas coisas acontecem. Lembro-me de um caso parecido há muitos e muitos anos. O coronel... como é que se chamava? Coronel Fergusson, acho. Um dos escudeiros da rainha

Mary. Saiu do clube uma noite e, também, nunca mais foi visto.

– É claro – disse Pai, com um suspiro – que muitos desses desaparecimentos são voluntários.

– O senhor sabe mais do que eu nesse quesito, meu caro inspetor-chefe – disse o sr. Hoffman. E acrescentou: – Espero que tenham lhe dado toda a assistência no Hotel Bertram.

– Sim, eles foram muito solícitos – garantiu Pai. – Aquela srta. Gorringe está com o senhor há bastante tempo, não?

– Possivelmente. Na verdade, sei muito pouco a respeito. Não tenho nenhum interesse *pessoal*, se é que o senhor me entende. Aliás – sorriu, de modo apaziguador –, fiquei surpreso de ver que o senhor sabia que eu era o dono.

Não chegava a ser uma pergunta, mas, novamente, havia uma leve inquietação no olhar do sr. Hoffman. O inspetor Davy reparou, sem deixar transparecer.

– As ramificações da City são como um enorme quebra-cabeça – disse ele. – Se eu tivesse que lidar com esse tipo de coisa, ficaria doido. Pelo que entendi, uma empresa, a Mayfair Holding Trust ou algo assim, é o proprietário registrado. Essa empresa é propriedade de outra empresa, e assim por diante. No final da história, o hotel pertence ao *senhor*. Simples assim. Não estou certo?

– Eu e meus colegas diretores estamos, como o senhor diria, por trás disso, sim – admitiu o sr. Hoffman, com certa relutância.

– Seus colegas diretores. E quem seriam eles? O senhor e um irmão seu, não é isso?

– Meu irmão Wilhelm é meu sócio nesse negócio. O senhor deve entender que o Bertram é somente parte de uma cadeia de diversos hotéis, escritórios, clubes e outras propriedades que temos em Londres.

– Algum outro diretor?

– Lorde Pomfret, Abel Isaacstein – respondeu o sr. Hoffman, com súbita rispidez. – O senhor precisa mesmo saber disso tudo? Só porque está investigando o caso do Clérigo desaparecido?

Pai respondeu que não com a cabeça, num gesto de desculpa.

– Acho que é só curiosidade. A procura do cônego desaparecido foi o que me levou ao Bertram, mas aí fiquei... interessado, por assim dizer. Às vezes, uma coisa leva à outra, não é?

– Pode ser. E agora? – perguntou, sorrindo. – Sua curiosidade está satisfeita?

– Nada como ir direto à fonte quando queremos informações, não é verdade? – disse Pai, com bom humor. Levantou-se. – Só há mais uma coisa que eu gostaria de saber, mas não creio que o senhor vá me contar.

– O que é, inspetor-chefe? – perguntou o sr. Hoffman, temeroso.

– Onde é que o Bertram recruta seu pessoal? Uma equipe maravilhosa! Aquele camarada... como é que se chama? Henry. Aquele que parece um arquiduque ou um arcebispo, sei lá. De qualquer maneira, o que nos serve chá e *muffins*... Deliciosos, por sinal! Uma experiência inesquecível.

– O senhor gosta de *muffins* com manteiga, não? – Os olhos do sr. Hoffman pousaram por um momento na rotundidade da figura do inspetor-chefe Davy, com desaprovação.

– O senhor deve ter percebido que eu gosto – respondeu Pai. – Bom, não vou mais tomar seu tempo. Imagino que esteja bastante ocupado com ofertas de aquisições públicas ou coisa parecida.

– Ah, e o senhor fingindo que não sabe nada a respeito. Não, não estou ocupado. Não me deixo consumir tanto pelos negócios. Meus gostos são simples. Vivo de maneira simples, tenho meus lazeres, cultivo rosas e procuro ficar com a minha família.

– Parece perfeito – disse Pai. – Quem me dera viver assim.

O sr. Hoffman sorriu e levantou-se pesadamente para apertar a mão do inspetor Davy.

– Espero que o senhor encontre seu clérigo desaparecido logo.

– Já está tudo bem. Desculpe-me não ter explicado direito. Ele foi encontrado... o que não deixa de ser uma decepção. Teve um acidente de carro e sofreu uma concussão. Nada mais.

Davy foi até a porta e virou-se para perguntar:

– A propósito, lady Sedgwick está entre os diretores da sua empresa?

– Lady Sedgwick? – Hoffman hesitou um instante. – Não. Por que estaria?

– Bem, ouvimos coisas. Ela é só uma acionista, então?

– Eu... sim.

– Adeus, sr. Hoffman. Muito obrigado.

O inspetor-chefe Davy voltou à Scotland Yard e foi direto ao escritório do comissário assistente.

– Os dois irmãos Hoffman estão por trás do Hotel Bertram, financeiramente.

– O quê? Aqueles patifes?

– Sim.

– Mantiveram tudo em sigilo.

– Sim... e Robert Hoffman não gostou muito da nossa descoberta. Ficou chocado.

– O que ele disse?

— A nossa conversa foi bem formal e educada. Ele tentou, meio que disfarçadamente, descobrir como eu sabia.

— E você não lhe deu essa informação, creio eu.

— Claro que não.

— Que desculpa você deu para estar lá?

— Não dei desculpa nenhuma – respondeu Pai.

— Ele não achou um pouco estranho?

— Acho que sim. Mas no todo, acho que foi bom assim.

— Se os Hoffman estão por trás de tudo isso, muita coisa se explica. Eles nunca se envolvem pessoalmente em nada irregular, de jeito nenhum! *Eles* próprios não organizam o crime. Mas o financiam!

— Wilhelm cuida do lado bancário, na Suíça. Ele estava por trás daquelas fraudes com moeda estrangeira logo após a guerra... nós sabíamos... mas não tínhamos como provar. Esses dois irmãos controlam bastante dinheiro e usam esse capital para financiar todo tipo de negócio... alguns lícitos... outros não. Mas eles são cautelosos... conhecem todos os macetes. A corretagem de diamantes de Robert é bastante honesta... mas o quadro é sugestivo: diamantes, bancos, imóveis... clubes, fundações culturais, edifícios de escritórios, restaurantes, hotéis... tudo aparentemente de outros donos.

— Você acha que Hoffman é o cérebro por trás desses assaltos organizados?

— Não. Acho que os dois irmãos lidam somente com a parte financeira. Temos que procurar o mentor em outro lugar. Em alguma parte, há um cérebro de primeira categoria trabalhando.

CAPÍTULO 20

I

O nevoeiro descera repentinamente sobre Londres aquela noite. O inspetor-chefe Davy levantou a gola do casaco e virou na Pond Street. Andando devagar, como se estivesse pensando em outra coisa, não parecia ter um objetivo definido, mas quem o conhecesse bem saberia que sua mente estava totalmente alerta. Avançava como um gato à espreita do momento de saltar sobre a presa.

A Pond Street estava tranquila. Havia poucos carros na rua. O nevoeiro denso tinha quase desaparecido, mas depois voltaria. O barulho do tráfego em Park Lane reduzira-se ao nível de ruído de uma estrada suburbana. A maioria dos ônibus deixara de circular. Só de vez em quando é que passava um ou outro carro com obstinado otimismo. O inspetor entrou num beco sem saída, foi até o final dele e voltou. Tornou a dar volta, aparentemente sem destino, primeiro num sentido, depois no outro. Mas ele sabia muito bem o que estava fazendo. Sua ronda felina levava-o a descrever um círculo em torno de um determinado edifício: o Hotel Bertram. Verificava o que havia a leste, a oeste, ao norte e ao sul do hotel. Examinou os carros estacionados ao longo da calçada, examinou os carros no beco sem saída. Examinou uma viela com especial atenção. Um carro em especial lhe chamou a atenção, ele parou, apertou os lábios e disse, em voz baixa:

— Aqui está você de novo, belezinha.

Verificou a placa e assentiu com a cabeça.

– Hoje à noite você é FAN 2266, não é?

Inclinou-se e passou os dedos pelo metal.

– Fizeram um belo trabalho – murmurou.

Davy continuou andando, saiu no outro extremo da travessa, virou à direita, depois à direita novamente e chegou à Pond Street outra vez, a uns cinquenta metros da entrada do Hotel Bertram. Voltou a parar, admirando as arrojadas linhas de outro carro de corrida.

– Você também é uma beleza – disse o inspetor. – Na última vez que o vi, sua placa estava igual. Acho que seu número é sempre o mesmo. E isso significa... – interrompeu-se – será? – sussurrou. Olhou para cima em direção a onde deveria estar o céu. – O nevoeiro está mais denso – disse para si mesmo.

Do lado de fora do Bertram, o porteiro irlandês, de pé, balançava os braços para a frente e para trás, com certa violência, para se manter aquecido. O inspetor-chefe Davy lhe deu boa-noite.

– Boa noite, senhor. Que tempo horrível!

– Sim. Imagino que hoje só sai quem precisar mesmo sair.

As portas de vaivém abriram-se, e uma senhora de meia-idade apareceu, parando hesitante no degrau.

– Gostaria de um táxi, madame?

– Eu pensava em ir a pé.

– Se eu fosse a senhora, não iria. Há muito nevoeiro. Mesmo de carro não será fácil.

– Você consegue um táxi para mim? – perguntou a senhora.

– Farei o possível. Agora entre para se aquecer, eu a chamo quando conseguir um táxi. – Sua voz mudou, assumindo um tom persuasivo. – A não ser que seja totalmente necessário, eu não sairia hoje à noite, madame.

— Oh, tem razão. Mas é que alguns amigos estão me esperando em Chelsea. Não sei. Talvez seja muito difícil voltar. O que você acha?

Michael Gorman disse, com convicção:

— Se eu fosse a senhora, madame, ligaria para os amigos. Não é bom para uma senhora da sua idade sair numa noite de nevoeiro como esta.

— Bem... na verdade... É, talvez você esteja certo.

Ela voltou para o hotel.

— Preciso cuidar deles — explicou Micky Gorman, virando-se para Davy. — Uma senhora dessas corre o risco de roubarem sua bolsa. Imagine! Sair a esta hora da noite, nesse nevoeiro, e caminhar até Chelsea ou West Kensington, sei lá o que ela queria.

— Vejo que você tem bastante experiência com senhoras idosas — disse Davy.

— Tenho mesmo. Este lugar é como a segunda casa delas, que Deus as abençoe. E o senhor? Queria um táxi?

— Mesmo que eu quisesse, não creio que você pudesse me arrumar um — disse Pai. — Não vejo muitos táxis passando. E não os culpo.

— Posso arrumar um para o senhor. Ali na esquina há um lugar onde os taxistas costumam parar e tomar alguma coisa para espantar o frio.

— Um táxi não resolve meu problema — disse Pai, com um suspiro.

Apontou com o polegar para o Hotel Bertram.

— Preciso ir lá dentro. Tenho um trabalho a fazer.

— Agora? Ainda o cônego desaparecido?

— Não exatamente. Ele já foi encontrado.

— Foi? — perguntou o porteiro, surpreso. — Onde?

— Num lugar qualquer, em estado de choque por causa de um acidente.

— Ah, era de se esperar. Deve ter atravessado a rua sem olhar.

— Parece que sim – disse Pai.

Fez um cumprimento com a cabeça e entrou no hotel. Havia pouca gente no saguão naquela noite. Viu Miss Marple sentada numa poltrona perto da lareira, e ela o viu, embora não tenha aparentado reconhecê-lo. Davy foi até o balcão da recepção. A srta. Gorringe, como sempre, estava atrás do caderno de registros. Ficou ligeiramente perturbada de vê-lo. Reagiu quase que imperceptivelmente, mas Davy percebeu.

— A senhora deve se lembrar de mim, srta. Gorringe – disse Pai. – Estive aqui no outro dia.

— Sim, claro que me lembro do senhor, inspetor-chefe. O senhor deseja saber mais alguma coisa? Gostaria de falar com sr. Humfries?

— Não, obrigado. Acho que não será necessário. Só gostaria de dar mais uma olhada no registro de hóspedes, se possível.

— Claro – disse a srta. Gorringe, entregando-lhe o caderno.

Davy abriu-o e foi olhando as páginas lentamente. Dava a impressão de que estava procurando um nome em especial. Não era o caso. Davy tinha uma habilidade aprendida desde cedo e transformada numa verdadeira arte: conseguia se lembrar de nomes e endereços com memória fotográfica. A lembrança permanecia por 24 horas, às vezes até 48. Sacudiu a cabeça, fechou o caderno e devolveu-o para a srta. Gorringe.

— Suponho que o cônego Pennyfather não tenha mais aparecido por aqui – disse, num tom casual.

— Cônego Pennyfather?

— A senhora já sabe que ele foi encontrado?

– Não sabia. Ninguém me contou. Onde?

– Num vilarejo. Tudo indica que sofreu um acidente de carro. Não fomos informados. Algum bom samaritano o encontrou e cuidou dele.

– Que bom! Fico feliz, realmente feliz. Estava preocupada com ele.

– Assim como os amigos dele – disse Pai. – Na verdade, eu estava querendo ver se um desses amigos estaria aqui agora. O arcediago... arcediago... Não me lembro do nome dele agora, mas o reconheceria se o visse.

– Tomlinson? – sugeriu a srta. Gorringe, prestativa. – Chegará na próxima semana. Vem de Salisbury.

– Não, não é Tomlinson. Bom, não importa.

Davy virou-se. O saguão estava bem silencioso essa noite.

Um sujeito de meia-idade, de aspecto ascético, lia uma tese mal datilografada, escrevendo comentários na margem do papel de vez em quando, com uma letra tão disforme que era quase ilegível. Toda vez que fazia isso, sorria com avinagrada satisfação.

Havia um ou dois casais de idosos, que tinham pouca necessidade de conversar. Ocasionalmente, duas ou três pessoas reuniam-se para falar do tempo, discutindo, preocupadas, como é que elas e sua família fariam para chegar aonde queriam.

– Liguei para a Susan e pedi para ela não vir de carro... A estrada é tão perigosa com neblina...

– Disseram que o tempo está melhor nas Midlands...

O inspetor-chefe Davy reparava nas pessoas ao passar por elas. Sem pressa e sem nenhum propósito aparente, chegou ao seu objetivo.

Miss Marple, sentada perto do fogo, viu-o aproximar-se.

– A senhora ainda está aqui, Miss Marple. Fico feliz.
– Vou embora amanhã – disse Miss Marple.

Esse fato, de certa maneira, estava implícito em sua atitude. Ela sentara-se ereta, como se estivesse numa sala de espera de aeroporto ou estação de trem. A bagagem, Davy tinha certeza, já devia estar arrumada, faltando apenas os artigos de toalete e a roupa de dormir.

– Minhas férias de quinze dias estão acabando – explicou ela.

– Espero que tenha aproveitado.

Miss Marple não respondeu imediatamente.

– Em certo sentido... sim. – Parou.

– E no geral não?

– É difícil explicar o que eu quero dizer...

– A senhora não está muito perto do fogo, não? Está quente demais aqui. Não seria melhor ir para aquele canto, talvez?

Miss Marple olhou para o canto indicado e depois para o inspetor-chefe.

– Acho que o senhor tem razão – disse.

Davy deu-lhe a mão, ajudou-lhe com a bolsa e com o livro e acomodou-a no canto sossegado que indicara.

– Tudo bem?

– Perfeito.

– Sabe por que sugeri a mudança de lugar?

– O senhor foi muito atencioso e achou que ali, perto da lareira, estava quente demais para mim. Além disso – acrescentou –, nossa conversa não pode ser escutada.

– A senhora tem alguma coisa que queira me contar, Miss Marple?

– Mas por que o senhor acha isso?

– Tive essa impressão – respondeu Davy.

– Desculpe ter sido tão explícita – disse Miss Marple. – Não era a minha intenção.

– Do que se trata?

– Não sei se devo dizer. Quero que o senhor saiba, inspetor, que não gosto de me intrometer. Sou contra intromissões. Intromissões, mesmo quando bem-intencionadas, podem causar grandes males.

– Então é isso? Entendo. Sim, é um problema sério para a senhora.

– Às vezes vemos as pessoas fazendo besteira, ou até alguma coisa perigosa. Mas não temos o direito de interferir, temos? Geralmente não, eu diria.

– A senhora está falando do cônego Pennyfather?

– Cônego Pennyfather? – Miss Marple parecia bastante surpreendida. – Oh, não. Por Deus, não. Não tem nada a ver com ele. Estou falando... de uma moça.

– Uma moça? E a senhora acha que posso ajudar?

– Não sei – respondeu Miss Marple. – Realmente não sei. Mas estou preocupada. Muito preocupada.

Pai não a pressionou. Ficou ali sentado, confortável, parecendo um pouco tolo. Não havia pressa. Ela parecia disposta a ajudá-lo, e ele estava preparado para fazer o que pudesse. Não estava particularmente interessado no assunto. Mas, por outro lado, nunca se sabe.

– Lemos nos jornais – disse Miss Marple, com a voz baixa e clara – essas notícias de processos nos tribunais. Jovens, crianças ou meninas que "carecem de cuidado e proteção". Imagino que seja apenas uma expressão legal, mas pode significar alguma coisa.

– Essa moça que a senhora mencionou. Acha que ela carece de cuidado e proteção?

– Sim, acho.

– Ela está sozinha no mundo?

– Não – respondeu Miss Marple. – Muito pelo contrário, se é que posso dizer assim. Olhando de fora, parece que tem todo o cuidado e proteção.

— Interessante — disse Pai.

— Ela estava hospedada aqui — disse Miss Marple —, com uma tal de sra. Carpenter, creio. Olhei a lista de hóspedes para ver o nome. A moça chama-se Elvira Blake.

Pai ergueu os olhos com interesse.

— Uma menina adorável. Bem nova e, como eu disse, bem amparada e protegida. O tutor dela é um tal de coronel Luscombe. Um sujeito muito simpático. Idoso, claro, e receio que terrivelmente inocente.

— O tutor ou a moça?

— O tutor — respondeu Miss Marple. — A moça, não sei. Mas acho que ela está correndo perigo. Encontrei-a por acaso no Battersea Park. Ela estava com um rapaz, numa casa de chá.

— Ah, então é isso? — disse Pai. — Indesejável, suponho. *Beatnik*... parasita... bandido...

— Um rapaz muito bonito — disse Miss Marple. — Não tão jovem. Trinta e poucos anos. O tipo de homem que eu classificaria como muito atraente para as mulheres. Mas o rosto dele não me engana. Cruel, predatório.

— Talvez não seja tão mau quanto parece — ponderou Pai.

— Ao contrário. É pior do que parece — afirmou Miss Marple. — Estou convencida disso.

Pai levantou os olhos rapidamente.

— Carro de corrida?

— Sim. Uma ou duas vezes vi o carro dele estacionado perto do hotel.

— A senhora não se lembra da placa, lembra?

— Lembro, claro. FAN 2266. Eu tinha uma prima que gaguejava — explicou Miss Marple. — Por isso me lembro do número.

Pai parecia intrigado.

— O senhor sabe quem ele é? — perguntou Miss Marple.

– Na verdade, sei – respondeu lentamente o inspetor Davy. – Meio francês, meio polonês. Piloto de corrida muito conhecido. Ganhou o campeonato mundial há três anos. Chama-se Ladislaus Malinowski. A senhora tem toda a razão em algumas de suas opiniões sobre ele. Tem péssima reputação no que se refere a mulheres. Isto é, o sujeito não é a melhor companhia para uma donzela. Mas não é fácil tomar qualquer providência num caso desses. Imagino que eles estejam se encontrando às escondidas, não?

– Muito provável – respondeu Miss Marple.

– A senhora conversou com o tutor dela?

– Não o conheço. Só falei com ele uma vez, quando fui apresentada por uma amiga em comum. E não gosto da ideia de ir procurá-lo para fofocar sobre os outros. Pensei que talvez *o senhor* pudesse fazer alguma coisa.

– Posso tentar – disse Davy. – A propósito, acho que a senhora gostará de saber que seu amigo, o cônego Pennyfather, finalmente apareceu.

– É mesmo? – Miss Marple parecia animada. – Onde?

– Um lugar chamado Milton St. John.

– Que estranho! O que ele estava fazendo lá? Ele sabia?

– *Aparentemente* – disse Davy, enfatizando a palavra –, ele teria sofrido um acidente.

– Que tipo de acidente?

– Foi atropelado por um carro... sofreu uma concussão. Ou então, levou uma pancada na cabeça.

– Sei. – Miss Marple considerou a possibilidade. – Ele mesmo não sabe?

– Ele *diz* – novamente o inspetor-chefe Davy enfatizou a palavra – que não sabe de nada.

– Muito curioso.

– Não é? A última coisa de que ele se lembra é de ter pegado um táxi para o terminal aéreo de Kensington.

Miss Marple balançou a cabeça, perplexa.

– Sei que isso acontece em casos de concussão – murmurou. – Ele não disse nada... de útil?

– Falou alguma coisa sobre as muralhas de Jericó.

– Josué? – arriscou Miss Marple. – Ou arqueologia, escavações? Lembro-me de uma peça, muito antiga... de Alfred Sutro, se não me engano.

– E durante toda essa semana, ao norte do Tâmisa, os cinemas Gaumont exibiram *As Muralhas de Jericó*, com Olga Radbourne e Bart Levinne – disse Pai.

Miss Marple olhou-o, desconfiada.

– Ele poderia ter ido ver esse filme na Cromwell Road. Poderia ter saído às onze, mais ou menos, e voltado para cá. Só que, nesse caso, alguém o teria visto. Seria muito antes da meia-noite.

– Talvez tenha pegado o ônibus errado – sugeriu Miss Marple. – Algo assim...

– Digamos que ele chegou aqui *depois* da meia-noite – disse Davy. – Poderia ter subido para o quarto sem ninguém ver. Mas, nesse caso, o que aconteceu depois? E por que ele saiu de novo, três horas mais tarde?

Miss Marple não sabia o que dizer.

– A única ideia que me ocorre é... oh!

Ela deu um salto ao ouvir um estampido vindo da rua.

– O cano de escape de algum carro – tranquilizou Pai.

– Desculpe-me ser tão sobressaltada. Estou nervosa esta noite, com aquela sensação...

– De que alguma coisa vai acontecer? Acho que não precisa se preocupar.

– Nunca gostei de nevoeiros.

– Gostaria de lhe dizer que a senhora me ajudou muito – disse o inspetor Davy. – As coisas que observou aqui, esses detalhes, somaram-se a todo o resto.

– Quer dizer que havia mesmo algo de errado aqui?

– Havia e há. Muita coisa errada.

Miss Marple suspirou.

– Parecia tão maravilhoso no início... Inalterado, sabe? Estar aqui é como voltar ao passado... àquela parte do passado que amamos e aproveitamos.

Fez uma pausa.

– Mas, claro, não era nada disso. Aprendi (aliás, acho que já sabia) que nunca podemos voltar atrás, que não devemos nem tentar. Que a essência da vida é seguir adiante. A vida, na verdade, é uma rua de mão única, não?

– Talvez – concordou Pai.

– Lembro-me – disse Miss Marple, desviando do assunto principal, como fazia sempre –, lembro-me de estar em Paris com a minha mãe e minha avó. Fomos tomar chá no Hotel Elysée. Minha avó olhou em volta e disse, de repente: "Claro, acho que sou a única mulher aqui de touca!". E era mesmo! Quando ela chegou em casa, embrulhou todas as suas toucas e suas capas e as enviou...

– A um bazar de caridade? – completou Pai.

– Não! Ninguém iria querer aquilo num bazar. Mandou para um companhia teatral. Eles agradeceram muito. Mas vejamos – disse Miss Marple, retomando o fio da conversa –, onde é que eu estava?

– A senhora estava descrevendo o hotel.

– Isso. Parece, mas não é. É uma mistura. Pessoas reais e pessoas não reais. Nem sempre conseguimos perceber a diferença.

– O que a senhora quer dizer com "pessoas não reais"?

– Há oficiais reformados, mas também homens que parecem oficiais reformados e nunca estiveram no exército. E sacerdotes que não foram sacerdotes. E almirantes e comandantes que nunca estiveram na marinha. Minha amiga, Selina Hazy... No início eu me divertia com sua ânsia de identificar pessoas (o que é muito natural, claro) e que a levava a cometer gafes, pois as pessoas não eram quem ela achava que fossem. Mas isso aconteceu tantas vezes que eu comecei a pensar a respeito. Até a Rose, a camareira... tão boazinha... Comecei a achar que talvez *ela* também não fosse real.

– A propósito, ela já foi atriz. Excelente atriz. Mas aqui ganha mais do que nos palcos.

– Mas... por quê?

– Para fazer parte do cenário. Mas pode ser também que não seja só isso.

– Estou feliz de ir embora – comentou Miss Marple, com um leve arrepio. – Antes que aconteça qualquer coisa.

Davy olhou para ela com curiosidade.

– O que a senhora espera que aconteça? – indagou.

– Alguma desgraça – respondeu Miss Marple.

– Desgraça é uma palavra muito forte...

– O senhor acha melodramático demais, não? Mas eu tenho experiência. Já estive tantas vezes em contato com assassinatos...

– Assassinatos? – O inspetor Davy sacudiu a cabeça. – Não estou suspeitando de assassinato. Vejo somente a possibilidade de capturar alguns criminosos muito inteligentes...

– Não é o mesmo. Matar... o desejo de matar... é bem diferente. É algo... como direi? Que desafia a Deus.

Davy encarou-a e balançou levemente a cabeça, transmitindo calma.

– Não haverá nenhum assassinato – disse.

Ouviu-se um estampido forte, mais alto que o primeiro, vindo do lado de fora, seguido de um grito e outro estampido.

O inspetor-chefe Davy já estava de pé, movendo-se com agilidade surpreendente para um homem tão corpulento. Em poucos segundos, já havia atravessado a porta de vaivém e estava na rua.

II

Os gritos, de mulher, penetravam a névoa com uma ponta de terror. O inspetor-chefe Davy saiu correndo pela Pond Street na direção dos gritos. Avistou, indistintamente, um vulto feminino encostado numa grade. Com doze passos largos, chegou até ela. A mulher usava um longo casaco claro de pele, e seus cabelos loiros brilhantes pendiam de ambos os lados do rosto. Por um momento, ele julgou reconhecê-la, mas depois verificou que era apenas uma menina. Estendido no chão, a seus pés, via-se o corpo de um homem, uniformizado. O inspetor o reconheceu. Era Michael Gorman.

Quando Davy se aproximou, a menina agarrou-se a ele, trêmula, gaguejando pedaços de frases.

– Alguém tentou me matar... alguém... eles atiraram em mim... se não fosse por *ele*... – disse, apontando para o vulto imóvel a seus pés. – Ele me empurrou e ficou na minha frente... aí atiraram pela segunda vez... e ele caiu... Salvou minha vida. Acho que está ferido... gravemente ferido...

O inspetor-chefe Davy agachou-se, apoiando-se sobre um dos joelhos. Tirou a lanterna do bolso. O alto porteiro irlandês tombara como um soldado. O lado esquerdo de sua túnica mostrava uma mancha úmida que se tornava cada vez maior à medida que o pano embebia-se de sangue. Davy soergueu-lhe uma pálpebra, tomou-lhe o pulso e levantou-se.

– Acertaram em cheio – disse.

A menina soltou um grito.

– Quer dizer que ele está *morto*? Oh, não, não! Não pode ser!

– Quem foi que atirou em você?

– Não sei... Eu tinha deixado meu carro na esquina e ia para o Hotel Bertram... fui me segurando na grade, porque não conseguia enxergar nada. De repente ouvi um tiro... e uma bala passou raspando pelo meu rosto... aí... ele... o porteiro do Bertram... veio correndo pela rua na minha direção e me empurrou para trás dele, e aí atiraram de novo... acho... acho que quem atirou devia estar escondido por ali.

Davy olhou para onde ela apontava. Naquela lado do Hotel Bertram havia uma área antiga, abaixo do nível da rua, com um portão e alguns degraus para chegar nele. Como tinha acesso apenas para uns depósitos, não era muito usado. Mas era um lugar perfeito para um homem se esconder.

– Você não o viu?

– Não vi direito. Ele passou por mim como uma sombra. Havia muita neblina.

Davy assentiu com a cabeça.

A menina começou a chorar, histericamente.

– Mas quem ia querer me matar? Por que alguém ia querer me matar? Já é a segunda vez. Não entendo... por quê?

Com um braço em volta dela, o inspetor-chefe Davy enfiou a mão no bolso.

As notas agudas de um apito de polícia vararam a densidade do nevoeiro.

III

No saguão do Hotel Bertram, a srta. Gorringe erguera bruscamente os olhos do balcão.

Um ou dois hóspedes fizeram o mesmo. Os mais velhos e mais surdos não fizeram nada.

Henry, prestes a depositar uma taça de conhaque velho numa mesa, parou no meio do movimento, com a taça na mão.

Miss Marple endireitou-se, segurando nos braços da poltrona. Um almirante reformado disse, com sarcasmo:

– Acidente! Batida de carros na neblina, certamente.

As portas de vaivém abriram-se, dando passagem a um gigantesco policial, que parecia muito maior do que se podia imaginar.

Vinha amparando uma menina com um casaco claro de pele. Ela mal conseguia andar. O policial olhou em volta, constrangido. Precisava de ajuda.

A srta. Gorringe saiu de trás do balcão, preparada para o que fosse necessário. Mas nesse momento o elevador chegou, e dele saiu uma mulher alta. A menina, soltando-se do policial, correu freneticamente em sua direção.

– Mãe! – gritou. – Oh, *mãe, mãe...* – e jogou-se, aos prantos, nos braços de Bess Sedgwick.

Capítulo 21

O inspetor-chefe Davy reclinou-se na cadeira e olhou para as duas mulheres sentadas na sua frente. Já passava da meia-noite. Funcionários da polícia tinham chegado e partido. Haviam aparecido médicos, especialistas em datiloscopia, uma ambulância para remover o corpo. E agora tudo se resumia àquela única sala, reservada aos propósitos da lei pelo Hotel Bertram. Davy estava sentado de um lado da mesa. Bess Sedgwick e Elvira, do outro. Perto da parede, um policial escrevia, sem atrapalhar. O sargento Wadell ocupava uma cadeira junto à porta.

Pai fitava, pensativo, as duas mulheres. Mãe e filha. Havia certa semelhança entre elas. Dava para entender por que as confundira, com todo aquele nevoeiro. Mas agora, olhando para as duas, atentava mais para as diferenças. Elas não eram realmente parecidas, a não ser pela tez. No entanto, persistia a impressão de que tinha ali a versão positiva e a versão negativa da mesma personalidade. Tudo em Bess Sedgwick era positivo. Sua vitalidade, sua energia, seu magnetismo. Admirava lady Sedgwick. Sempre a admirara. Admirava sua coragem e sempre se impressionara com suas proezas. Lendo o jornal de domingo, já dissera várias vezes: "Desta vez ela não se safa!", e ela sempre se safava. Julgara impossível que ela chegasse ao fim da jornada, e ela chegava. Admirava, especialmente, a indestrutibilidade daquela mulher. Ela já sofrera um acidente aéreo, várias batidas de carro, caíra duas vezes do cavalo, mas, no final, saía ilesa. Vibrante, cheia de vida, uma personalidade impossível de se ignorar. Tirava-lhe o chapéu. Algum dia, evidentemente, fracassaria. Não dá para vencer sempre. Os olhos de Davy iam da mãe à filha. Ele pensava. Pensava muito.

Em Elvira Blake, tudo era direcionado para dentro. Bess Sedgwick passara toda a vida impondo-lhe sua vontade. Elvira, supunha Davy, tinha uma forma diferente de encarar a vida. Submetia-se. Obedecia. Sorria, educada, mas por trás, escapulia por entre nossos dedos. "Sonsa", disse o inspetor para si mesmo. "É a única maneira que tem de lidar com essa situação. Não consegue se impor. E é por isso, talvez, que as pessoas que cuidaram dela jamais imaginaram do que ela é capaz."

Davy perguntava-se o que ela estaria fazendo caminhando furtivamente pela rua em direção ao Hotel Bertram tão tarde numa noite de nevoeiro. Em breve lhe faria essa pergunta. Já sabia que, provavelmente, a resposta que receberia não seria verdadeira. "É assim que a pobre coitada se defende", pensou. Será que tinha vindo se encontrar ou procurar a mãe? Era uma possibilidade, mas Davy não achava que fosse isso. Ao contrário. Vinha-lhe à mente a imagem do grande carro esporte escondido na esquina, o carro com a placa FAN 2266. Ladislaus Malinowski deveria estar por perto, já que o carro dele estava ali.

– Bem – disse Pai, dirigindo-se a Elvira com seu jeito mais gentil e paternal –, como você está se sentindo agora?

– Estou bem – respondeu Elvira.

– Ótimo. Gostaria que me respondesse a algumas perguntas, se estiver em condições. Porque o tempo costuma ser um ponto fundamental nesses casos. Atiraram em você duas vezes, e um homem foi morto. Queremos obter o máximo de pistas para chegar à pessoa que o matou.

– Vou lhe contar tudo o que souber, mas aconteceu tão rápido... E, com aquela neblina, não dava para ver nada. Não tenho a mínima ideia de quem pode ter sido... ou mesmo como era a pessoa. Isso é o mais assustador.

– Você disse que essa era a segunda vez que alguém tentava matá-la. Isso significa que já haviam tentado antes?

– Eu falei isso? Não me lembro. – Os olhos de Elvira moviam-se, inquietos. – Acho que eu não disse isso.

– Disse sim. Você sabe que disse.

– Devia ser só histeria minha.

– Não – insistiu Pai –, não creio que tenha sido por histeria. Acho que você quis dizer aquilo mesmo.

– Eu devia estar imaginando coisas – disse Elvira, com os olhos inquietos novamente.

Bess Sedgwick interveio.

– É melhor você contar para ele, Elvira.

Elvira olhou feio para mãe.

– Não precisa se preocupar – disse Pai, em tom tranquilizador. – Na polícia, sabemos perfeitamente que as moças jamais contam tudo para a mãe ou para seu tutor. Não levamos essas coisas muito a sério, mas precisamos conhecê-las, porque tudo ajuda.

Bess Sedgwick disse:

– Foi na Itália?

– Sim – respondeu Elvira.

Pai perguntou:

– Foi onde você estudou, não? Numa escola de aperfeiçoamento, não sei como chamam hoje em dia.

– Sim. Na escola da Contessa Martinelli. Éramos em torno de dezoito, vinte meninas.

– E você acha que alguém tentou matá-la. Como foi isso?

– Bom, enviaram-me uma grande caixa de chocolates com um cartão escrito em italiano, numa letra floreada. Dizia: "À belíssima Signorina", algo assim. E minhas amigas e eu... bem, achamos engraçado e ficamos imaginando quem teria mandado o presente.

– Chegou pelo correio?

– Não. Não tinha como ter vindo pelo correio. Apareceu no meu quarto. Alguém colocou a caixa lá.

– Compreendo. Devem ter subornado um dos empregados. E você não contou nada para a tal Contessa Não-Sei-de-Quê, imagino.

Um leve sorriso apareceu no rosto de Elvira.

– Não. Não. Não contamos nada. De qualquer maneira, abrimos a caixa, e os chocolates eram deliciosos. De diferentes tipos, mas havia alguns de creme de violeta, aquele com uma violeta cristalizada em cima. É o meu preferido. Por isso, comi logo um ou dois desses primeiro. E mais tarde, à noite, passei muito mal. Não relacionei com os chocolates. Achei que tivesse sido alguma coisa que eu comi no jantar.

– Mais alguém passou mal?

– Não. Só eu. Bom, passei muito mal, mas no fim do dia seguinte já me sentia melhor. Aí, uns dois dias depois, comi outro chocolate da caixa, e aconteceu a mesma coisa. Então, comentei com a Bridget a respeito. Ela era minha melhor amiga. Fomos examinar os chocolates e descobrimos que os de creme de violeta tinham um buraquinho no fundo, por onde haviam sido recheados de novo. Chegamos à conclusão de que alguém tinha colocado veneno dentro do chocolate, e só colocaram nos de creme de violeta, para que eu fosse a única envenenada.

– Ninguém mais passou mal?

– Não.

– Então ninguém mais comeu os de creme de violeta.

– Não. Nem queriam. Como era um presente para mim e as meninas sabiam que aquele era o meu chocolate preferido, deixaram todos para mim.

– O sujeito se arriscou, seja ele quem for – disse Pai. – O pessoal todo poderia ter sido envenenado.

– Que absurdo! – exclamou lady Sedgwick. – Nunca ouvi falar de nada tão grosseiro.

Davy fez um ligeiro gesto com a mão.

– Por favor – disse, voltando-se depois para Elvira. – Isso me parece muito interessante, srta. Blake. E, mesmo assim, vocês não contaram nada para a Contessa.

– Não! Não contamos. Ela teria feito um escândalo.

– O que vocês fizeram com os chocolates?

– Jogamos fora – respondeu Elvira. – Uma pena. Eram chocolates deliciosos – disse, pesarosa.

– Você não tentou descobrir quem havia mandado? Elvira ficou sem graça.

– Bom, achei que pudesse ter sido o Guido.

– É? – disse Davy, animado. – E quem é Guido?

– Oh, Guido... – Elvira fez uma pausa. Olhou para a mãe.

– Não seja boba – disse Bess Sedgwick. – Conte para o inspetor-chefe sobre Guido, seja ele quem for. Toda menina da sua idade tem um Guido na vida. Você o conheceu lá, não?

– Sim. Quando fomos à ópera. Ele falou comigo lá. Um rapaz simpático, muito bonito. Costumava vê-lo quando íamos para a aula. Ele me passava bilhetinhos.

– E eu imagino – disse Bess Sedgwick – que você tenha inventado um monte de mentiras, armado um plano com suas amigas e conseguido sair com ele às escondidas, não?

Elvira parecia aliviada por aquela abreviação da confissão.

– Às vezes o Guido conseguia...

– Qual era o sobrenome desse Guido?

– Não sei – respondeu Elvira. – Ele nunca me disse.

Davy sorriu para ela.

– Ou seja, você não quer me dizer. Não importa. Consigo descobrir mesmo sem a sua ajuda, se for necessário. Mas por que você acha que esse rapaz, provavelmente apaixonado por você, ia querer matá-la?

– Ah, porque ele costumava fazer ameaças desse tipo. Isto é, quando brigávamos, o que acontecia uma vez ou outra. Ele trazia alguns amigos, eu fingia gostar mais dos amigos do que dele, e ele ficava furioso. Dizia para eu tomar cuidado com o que fazia. Não podia desprezá-lo daquela maneira! Que se eu não lhe fosse fiel, ele me mataria! Achei que ele estivesse apenas sendo melodramático e teatral. – Elvira sorriu súbita e inesperadamente. – Era engraçado. Não achei que ele estivesse falando *sério*.

– Bem – disse o inspetor –, não me parece muito provável que um rapaz como o que você descreveu seja capaz de envenenar chocolates com o objetivo de enviá-los a você.

– Concordo – disse Elvira –, mas deve ter sido ele, porque não penso em mais ninguém. Fiquei preocupada. Aí, quando voltei para cá, recebi um bilhete... – Ela parou nesse ponto.

– Que tipo de bilhete?

– Veio num envelope e estava escrito em letra de imprensa: *"Tome cuidado. Alguém quer matá-la"*.

– Jura? – perguntou o inspetor, surpreso. – Muito curioso. Muito, muito curioso. E isso a deixou preocupada. Ficou com medo?

– Sim. Comecei a pensar em quem poderia querer que eu desaparecesse. Foi por isso que procurei saber se eu era realmente muito rica.

– Continue.

– E outro dia, em Londres, aconteceu mais uma coisa. Eu estava no metrô, e havia muita gente na plataforma. Tive a impressão de que tentaram me empurrar para o trilho.

– Minha filha! – interrompeu Bess Sedgwick. – Não exagere!

Novamente, Pai fez aquele ligeiro gesto de mão.

– Sim – disse Elvira, em tom de desculpa. – Espero ter imaginado tudo isso, mas... não sei... depois do que aconteceu hoje à noite, parece que pode ser tudo verdade, não? – virou-se repentinamente para Bess Sedgwick: – *Mãe*! Você *deve* saber. Alguém quer me matar? Será que existe alguém? Será que eu tenho algum inimigo?

– É claro que você não tem inimigo – retrucou Bess Sedgwick, sem paciência. – Não seja tola. Ninguém quer matar você. Por que iam querer?

– Então quem foi que atirou em mim hoje à noite?

– Naquela neblina – disse Bess Sedgwick –, devem ter confundido você com outra pessoa. Isso é possível, não? – perguntou, dirigindo-se a Davy.

– Sim – respondeu Pai. – É totalmente possível.

Bess Sedgwick o encarava. Davy teve a impressão de que ela queria dizer "mais tarde".

– Bem – disse ele, animado –, melhor voltarmos aos fatos. De onde você vinha? O que você estava fazendo caminhando sozinha pela Pond Street numa noite feia como esta?

– Fui a uma aula de arte no Tate de manhã. Depois, fui almoçar com a minha amiga Bridget. Ela mora na Onslow Square. Fomos assistir a um filme e quando saímos já havia esse nevoeiro, bastante denso. E estava piorando. Achei melhor não voltar dirigindo para casa.

– Você sabe dirigir?

– Sim. Tirei a carteira no verão passado. Só que não dirijo muito bem e odeio dirigir com neblina. A mãe da Bridget disse que eu poderia passar a noite lá. Então, liguei para a prima Mildred... moro com ela, em Kent...

Pai assentiu com a cabeça.

– ...e avisei que eu ia dormir fora. Ela também achou melhor.

– E o que aconteceu depois? – quis saber Pai.

– A neblina parecia ter melhorado de repente. O senhor sabe como é. Decidi, então, ir de carro para Kent. Despedi-me da Bridget e saí. Mas aí o nevoeiro voltou, e eu fiquei preocupada. Atravessei um trecho de muita neblina e acabei me perdendo. Não sabia onde estava. Depois de um tempo, percebi que estava no Hyde Park Corner e pensei: "Não posso ir para Kent com esse tempo". No início, pensei em voltar para a casa da Bridget, mas aí me lembrei que já tinha me perdido. Nesse momento, reparei que estava muito perto do hotel para onde o tio Derek tinha me levado quando voltei da Itália. "Vou para lá. Tenho certeza de que eles me arrumarão um quarto", pensei. Foi bem fácil. Consegui um lugar para estacionar o carro e vim a pé pela rua até o hotel.

– Encontrou alguém ou ouviu alguém caminhando por perto?

– Engraçado o senhor dizer isso, porque realmente julguei que tivesse ouvido alguém andar atrás de mim. Claro, deve haver um monte de pessoas andando em Londres. Só que num nevoeiro desses, dá medo. Parei para escutar, mas não ouvi mais nada e cheguei à conclusão de que tinha sido imaginação minha. Já estava bem perto do hotel nesse momento.

– E aí?

– Aí, de repente, houve um tiro. Como já lhe disse, a bala passou raspando pelo meu rosto. O porteiro, que fica sempre do lado de fora do hotel, veio correndo na minha direção e me empurrou para trás dele, e aí... aí deram outro tiro... Ele caiu no chão e eu comecei a gritar.

Elvira tremia. A mãe lhe disse, com a voz baixa e firme:

– Calma, menina. Calma. – Era a voz que Bess Sedgwick usava com seus cavalos e funcionava muito bem com a filha. Elvira piscou, endireitou-se na cadeira e acalmou-se.

– Muito bem – disse Bess.

– E aí o senhor chegou – disse Elvira para o inspetor-chefe Davy. – O senhor apitou e mandou o policial me trazer para o hotel. Assim que eu entrei, vi... vi minha mãe. – Virou-se e olhou para Bess Sedgwick.

– E isso nos deixa mais ou menos atualizados – disse Pai, ajeitando o corpanzil na pequena cadeira. – Conhece um homem chamado Ladislaus Malinowski? – perguntou num tom casual, sem nenhuma inflexão direta. Não olhava para a menina, mas percebeu, como estava atento, que ela engolira em seco. Não olhava para a filha, mas para a mãe.

– Não – respondeu Elvira, demorando um pouco para falar. – Não conheço.

– Oh – fez Pai, – achei que conhecia. Achei que ele tivesse vindo aqui hoje à noite.

– Oh, e por que ele viria aqui?

– Bom, o carro dele está aqui – explicou Pai. – Por isso achei que ele também estivesse.

– Não o conheço – repetiu Elvira.

– Engano meu – disse Pai. – A senhora conhece, não? – perguntou para Bess Sedgwick.

– Claro – respondeu Bess. – Conheço-o há muitos anos. – Acrescentou, sorrindo: – É um doido. Dirige como um anjo, para não dizer o contrário. Um dia vai acabar quebrando o pescoço. Bateu feio há um ano e meio.

– Sim, eu lembro de ter lido a respeito – disse Pai. – Ainda não voltou a correr, não é?

– Não, ainda não. Talvez jamais volte.

– Posso ir dormir? – perguntou Elvira, em tom queixoso. – Estou muito cansada.

– Claro. Deve estar – disse Pai. – Você nos contou tudo o que lembrava?

– Sim.

– Vou subir com você – disse Bess Sedgwick.

Mãe e filha saíram juntas.

– *Ela* o conhece muito bem – disse Pai.

– O senhor acha? – perguntou o sargento Wadell.

– Tenho certeza. Eles tomaram chá juntos no Battersea Park há um ou dois dias.

– Como o senhor descobriu isso?

– Uma senhora me contou. Estava aflita. Segundo ela, Ladislaus Malinowski não é uma boa companhia para uma menina. E não é mesmo.

– Principalmente se ele e a mãe... – Wadell parou de falar, por delicadeza. – Tem corrido um boato...

– Sim. Pode ser verdade, mas pode não ser. Provavelmente é.

– Nesse caso, qual das duas ele quer?

Pai ignorou a pergunta.

– Quero que ele seja pego. De qualquer maneira. O carro dele está aqui, bem ali na esquina.

– O senhor acha que ele está hospedado neste hotel?

– Não. Não se encaixaria no quadro geral. Não é de se supor que ele esteja aqui. *Se* veio foi para encontrar a menina. Ela, com certeza, veio para encontrá-lo.

A porta abriu-se e Bess Sedgwick reapareceu.

– Voltei – disse ela – porque queria falar com o senhor.

Assinalou com o olhar os outros dois homens.

– Poderíamos conversar a sós? Já lhe dei todas as informações que tenho. Mas gostaria de trocar uma palavrinha com o senhor, em particular.

– Não vejo nenhum impedimento – disse o inspetor Davy. Fez um sinal com a cabeça, e o jovem detetive pegou seu bloquinho de anotações e saiu. Wadell o acompanhou. – Muito bem – disse Davy.

Lady Sedgwick sentou-se de novo na frente dele.

– Aquela história idiota sobre os chocolates envenenados – disse ela. – É um absurdo. Um disparate total. Não acredito que nada daquilo tenha acontecido.

– Não acredita, não é?

– O senhor acredita?

Pai sacudiu a cabeça, em dúvida.

– Acha que sua filha inventou tudo aquilo?

– Sim. Mas por quê?

– Bom, se a senhora não sabe, como eu vou saber? – disse Davy. – Ela é *sua* filha. A senhora deve saber mais a respeito dela do que eu.

– Não a conheço – disse Bess Sedgwick, com amargura. – Não a via, nem tinha nenhum contato desde que ela completou dois anos, quando fugi do meu marido.

– Oh, sim. Sei de tudo isso e acho muito curioso. A senhora sabe, lady Sedgwick, que os tribunais, em geral, dão a custódia do filho pequeno à mãe, quando ela solicita, mesmo se ela for a parte culpada num divórcio. Quer dizer que a senhora não solicitou a custódia da menina? Não a quis?

– Achei melhor não solicitar.

– Por quê?

– Julguei... que não seria seguro para ela.
– Por questões morais?
– Não. Não por questões morais. Adultério é o que mais existe hoje em dia. As crianças precisam se acostumar com isso. Não. A questão é que *eu* não sou uma pessoa capaz de oferecer muita segurança. A vida que eu levo não seria uma vida segura para ela. Não podemos escolher como nascemos, e eu nasci para viver perigosamente. Não gosto de respeitar leis ou convenções. Achei melhor para a Elvira, achei que ela seria mais feliz se tivesse uma educação inglesa convencional. Protegida, cuidada...
– Mas sem o amor de mãe?
– Achei que se ela aprendesse a me amar, isso só lhe traria sofrimento. O senhor pode não acreditar, mas era o que eu sentia.
– Sei. Ainda acha que fez certo?
– Não – respondeu Bess. – Não acho. Agora acho que talvez eu tenha feito tudo errado.
– Afinal, a sua filha conhece ou não conhece Ladislaus Malinowski?
– Tenho certeza de que não. Ela disse. O senhor ouviu.
– Ouvi sim.
– Então. Qual a questão?
– Ela estava assustada, quando estava aqui. Na nossa profissão, aprendemos a reconhecer o medo quando estamos diante dele. Com chocolate ou sem chocolate, o fato é que atentaram contra a vida dela. Aquela história do metrô pode ser verdadeira...
– Ridículo. Parecia um romance policial...
– É verdade. Mas esse tipo de coisa acontece, lady Sedgwick. Com mais frequência do que imagina.

A senhora tem alguma ideia de quem poderia querer matar sua filha?

– Ninguém! Ninguém mesmo – respondeu com veemência.

O inspetor-chefe Davy suspirou e balançou a cabeça.

Capítulo 22

O inspetor-chefe Davy esperou pacientemente até a sra. Melford acabar de falar. Havia sido uma entrevista bastante improdutiva. A prima Mildred mostrara-se incoerente, incrédula e um pouco tola. Pelo menos essa era a opinião de Davy. Informações sobre as boas maneiras de Elvira, sua natureza dócil, os problemas que tinha com os dentes, as desculpas estranhas que dava ao telefone, tudo isso suscitou uma dúvida: seria Bridget uma boa companhia para Elvira? Todas essas questões foram apresentadas de forma confusa ao inspetor. A sra. Melford não sabia de nada, não vira nada e, aparentemente, deduzira muito pouco.

Uma breve ligação para o tutor de Elvira, o coronel Luscombe, havia sido ainda mais improdutivo, embora, felizmente, menos verborrágico.

– Mais macaquinhos chineses – murmurou Pai ao sargento ao desligar. – "Não vi nada, não ouvi nada, não falei nada."

– O problema é que todos que se relacionam com essa menina aparentam uma ingenuidade exagerada, se é que você me entende. Pessoas boas demais, que não sabem nada a respeito do mal. Diferente da velha minha amiga.

– A do Hotel Bertram?

– Sim. Passou a vida toda observando o mal, imaginando o mal, suspeitando do mal e procurando combater o mal. Vejamos o que conseguimos com a tal de Bridget.

As dificuldades dessa entrevista foram apresentadas pela mãe de Bridget. Para conseguir conversar com Bridget sem a presença da mãe, o inspetor-chefe Davy teve que usar de toda a sua experiência e capacidade de sedução. Deve-se admitir, contudo, que ele foi muito ajudado pela própria Bridget. Depois de algumas perguntas e respostas estereotipadas, e algumas expressões de horror por parte da mãe ao ouvir como Elvira escapara por pouco da morte, Bridget disse:

– Mãe, está na hora da reunião do seu comitê. Você disse que era muito importante.

– Ai, meu pai – exclamou a mãe de Bridget.

– Você sabe que eles fazem a maior confusão sem a sua presença.

– É verdade. A mais pura verdade. Mas talvez eu devesse...

– Agora que está tudo bem, madame – disse Davy, valendo-se de seu olhar paternal –, a senhora não precisa se preocupar. Pode ir em paz. Já terminei com as coisas importantes. A senhora me disse tudo o que eu precisava saber. Tenho só mais uma ou duas perguntas de rotina a respeito de uma pessoa da Itália, e sua filha Bridget pode responder.

– Bem, se você acha que consegue se virar sozinha, Bridget...

– Consigo sim, mãe – confirmou Bridget.

Finalmente, causando grande alvoroço, a mãe de Bridget saiu para a reunião do comitê.

– Caramba! – exclamou Bridget ao voltar, depois de fechar a porta da frente. – Como as mães são difíceis!

– É o que dizem – concordou o inspetor. – Muitas meninas com quem converso reclamam da mãe.

– Achei que o senhor fosse dizer o contrário – disse Bridget.

– É o que eu acho – comentou Davy. – Mas não é o ponto de vista das meninas. Agora você pode me contar um pouco mais.

– Eu não tinha como falar abertamente na frente da minha mãe – explicou Bridget –, mas sinto, claro, que realmente é melhor o senhor saber o máximo possível sobre tudo isso. Sei que Elvira estava terrivelmente preocupada e com medo. Não queria admitir que corria perigo, mas corria.

– Foi o que imaginei. Não quis fazer muitas perguntas na frente da sua mãe.

– Melhor – disse Bridget. – Não queremos que a minha mãe ouça isso. Ela se impressiona com essas coisas e sai logo contando para todo mundo. Se Elvira não quer que ninguém saiba...

– Antes de mais nada – disse Davy –, quero saber sobre uma caixa de chocolate na Itália. Pelo que entendi, enviaram uma caixa de chocolate para Elvira que talvez estivesse envenenada.

Bridget arregalou os olhos.

– Envenenados – disse. – Não. Acho que não. Pelo menos...

– Houve alguma coisa?

– Sim. Chegou uma caixa de chocolate, Elvira comeu muitos e passou mal à noite. Muito mal.

– Mas ela não suspeitou que estivessem envenenados?

– Não. Pelo menos... Ah, sim, ela comentou que alguém estava querendo envenenar alguma de nós, e fomos examinar o chocolate, para ver se tinham injetado alguma coisa nele.

– E tinham?

– Não, não tinham – respondeu Bridget. – Pelo menos, não que tenhamos percebido.

– Mas talvez sua amiga, a srta. Elvira, ainda achasse que os chocolates estivessem envenenados.

– Talvez... Mas ela não comentou mais nada a respeito.

– Você acha que ela estava com medo de alguém?

– No momento, não pensei muito no assunto, nem percebei nada. Só reparei aqui, depois.

– E o que você sabe sobre esse tal de Guido?

Bridget riu.

– Ele estava completamente apaixonado pela Elvira – respondeu.

– E você e sua amiga costumavam encontrá-lo em alguns lugares?

– Bom, não me importo de contar ao senhor – disse Bridget. – Afinal, é da polícia. Para o senhor, esse tipo de coisa não tem importância, e espero que compreenda. A Contessa Martinelli era bastante rigorosa, ou pensava que era. E, claro, nós tínhamos nossos truques. Uma por todas...

– E mentiam quando precisavam.

– Sim – disse Bridget. – Mas o que fazer quando os outros são tão desconfiados?

– Então vocês realmente se encontravam com o Guido. E ele costumava ameaçar Elvira?

– Acho que ele não falava sério.

– Então talvez ela se encontrasse com outra pessoa.

– Bem... isso eu não sei.

– Por favor, conte-me, srta. Bridget. Pode ser vital.

– Sim, compreendo. Bem, havia *alguém*. Não sei quem era, mas havia mais alguém de quem ela gostava muito. Para ela era muito sério. Ou seja, era uma coisa muito *importante*.

– Ela costumava encontrá-lo?

— Acho que sim. Quer dizer, ela dizia que estava se encontrando com o Guido, mas não era o Guido. Era esse outro homem.

— Alguma ideia de quem era?

— Não – respondeu Bridget, insegura.

— Não seria um piloto de corrida chamado Ladislaus Malinowski?

Bridget ficou boquiaberta.

— Como o senhor sabe?

— Estou certo?

— Sim. Acho que sim. Ela tinha uma foto dele, recortada de um jornal. Guardava-a debaixo das meias.

— Mas isso podia ser só empolgação de fã, não?

— Podia, mas não acho que fosse.

— Sabe se ela se encontrou com ele aqui na Inglaterra?

— Não sei. Na verdade, não sei direito o que ela tem feito desde que voltou da Itália.

— Ela foi a um dentista em Londres – lembrou Davy. – Pelo menos foi o que ela disse. Em vez de ir ao dentista, veio se encontrar com você e ligou para a sra. Melford inventando alguma história sobre uma antiga governanta.

Bridget deu uma risadinha.

— Não era verdade, era? – perguntou o inspetor-chefe Davy, sorrindo. – Para onde ela foi?

Bridget hesitou, mas respondeu:

— Para a Irlanda.

— Para a Irlanda? Por quê?

— Ela não me disse. Disse só que queria descobrir uma coisa.

— Você sabe para onde ela foi na Irlanda?

— Não exatamente. Ela mencionou um nome. Bally alguma coisa. Ballygowlan, acho.

— Sei. Tem certeza de que ela foi para a Irlanda?
— Fui levá-la ao aeroporto de Kensington. Ela viajou pela Aer Lingus.

— E voltou quando?
— No dia seguinte.
— Também de avião?
— Sim.
— Tem certeza de que ela voltou de avião?
— Bom... acho que sim!
— Ela comprou passagem de volta?
— Não. Não comprou. Disso eu me lembro.
— Ela pode ter voltado de outra maneira, não?
— Sim.
— Talvez no trem do correio irlandês.
— Ela não me contou.
— Mas também não disse que voltou de avião, disse?
— Não – admitiu Bridget. – Mas por que ela voltaria de navio ou de trem em vez de avião?

— Bem, depois de descobrir o que queria saber e sem lugar para ficar, talvez tenha pensado que seria mais fácil pegar o trem noturno.

— É possível.

Davy esboçou um sorriso.

— Vocês, meninas de hoje, quando pensam em viajar, só pensam em avião, não é?

— Acho que sim – concordou Bridget.

— De qualquer maneira, ela voltou para a Inglaterra. E aí, o que aconteceu? Ela veio para cá? Ligou para você?

— Ligou.

— A que horas?

— De manhã. Deve ter sido lá pelas onze horas. Ou meio-dia, não sei direito.

— E o que ela disse?

— Bem, ela só perguntou se estava tudo bem.

— E estava?

— Não. Porque a sra. Melford tinha ligado, e minha mãe atendeu o telefone. As coisas complicaram, e eu não sabia o que dizer. Então Elvira disse que não viria para a Onslow Square, mas que ligaria para a prima Mildred e inventaria alguma história.

— E isso é tudo o que você lembra?

— Sim, é tudo – respondeu Bridget, sem dizer tudo. Pensava no sr. Bollard e no bracelete. Isso certamente não contaria para o inspetor-chefe Davy.

Pai sabia perfeitamente que alguma coisa estava sendo ocultada. Restava-lhe esperar que tal coisa não fosse importante para o inquérito. Voltou a perguntar:

— Você acha que sua amiga estava com medo de alguém ou de alguma coisa?

— Acho.

— Ela falou isso? Você perguntou alguma coisa para ela?

— Perguntei abertamente. No início ela disse que não. Mas depois confessou que estava com medo. E eu sei que ela estava – continuou Bridget, impetuosamente. – Ela estava em perigo. E ela sabia muito bem disso. Mas não sei por que, nem como, nem nada a respeito.

— Sua certeza quanto a isso se deve àquela manhã em que ela voltou da Irlanda, não?

— Sim. Sim, foi quando eu tive certeza.

— Na manhã em que ela talvez tenha voltado no trem do correio irlandês.

— Acho pouco provável essa hipótese. Por que o senhor não pergunta para ela?

— Talvez pergunte, no final. Mas não quero chamar atenção para esse ponto. Não agora. Só tornaria as coisas mais perigosas para ela.

Bridget arregalou os olhos.

– Como assim?

– Talvez você não se lembre, srta. Bridget, mas foi naquela noite, aliás, naquela madrugada, que aconteceu o assalto ao trem postal.

– O senhor está dizendo que a Elvira estava envolvida nisso e não me contou nada?

– Concordo que é pouco provável – disse Pai. – Mas me ocorreu que ela talvez tenha visto alguma coisa, alguém ou algum incidente vinculado a esse assalto. Talvez tenha visto um conhecido, por exemplo, e isso a teria colocado em perigo.

– Oh! – fez Bridget, considerando a possibilidade. – O senhor quer dizer que alguém que ela conhecia estava envolvido no roubo?

Davy levantou-se.

– Bem, é isso – disse. – Tem certeza de que não quer me contar mais nada? Algum lugar para onde sua amiga foi naquele dia ou na véspera?

Novamente, assomaram aos olhos de Bridget imagens do sr. Bollard e da loja na Bond Street.

– Não – respondeu ela.

– Acho que há alguma coisa que você não me contou – insistiu o inspetor.

Bridget agarrou-se a qualquer coisa.

– Oh, me esqueci – disse. – Sim. Quer dizer, Elvira foi procurar uns advogados, os curadores dela, para descobrir alguma coisa.

– Ah, ela foi procurar seus curadores... Por acaso você sabe o nome deles?

– Egerton... Forbes Egerton não sei o quê – respondeu Bridget. – Um monte de nomes. Acho que é mais ou menos isso.

– Sei. E ela queria descobrir alguma coisa?

— Ela queria saber quanto dinheiro tem — disse Bridget.

Davy ficou surpreso.

— Claro! — exclamou. — Interessante. E por que ela não sabia?

— Ah, porque as pessoas nunca lhe falaram sobre dinheiro — respondeu Bridget. — Eles devem achar que seria ruim ela saber quanto tem.

— E ela queria muito saber, não queria?

— Sim. Pelo visto, ela achava muito importante saber.

— Bem, muito obrigado — disse o inspetor-chefe Davy. — Você me ajudou muito.

Capítulo 23

Richard Egerton olhou novamente para o cartão oficial à sua frente e, depois, para o rosto do inspetor-chefe.

– Caso curioso.

– Sim, senhor – disse o inspetor-chefe –, um caso muito curioso.

– O Hotel Bertram – continuou Egerton – no nevoeiro. Sim, havia um nevoeiro terrível ontem à noite. Imagino que vocês tenham vários casos como este em dias de nevoeiro, não? Roubos e furtos de bolsas, esse tipo de coisa.

– Não foi exatamente isso – disse Pai. – Ninguém tentou levar nada da srta. Blake.

– De onde veio o tiro?

– Por conta do nevoeiro, não podemos ter certeza. Ela mesma não sabia direito. Mas achamos... parece a melhor hipótese... que o homem deveria estar naquela área.

– O senhor diz que ele atirou duas vezes.

– Sim. Da primeira vez, errou o alvo. O porteiro correu de onde estava, do lado de fora da porta do hotel, e se colocou na frente de Elvira um pouco antes do segundo tiro.

– E por isso ele acabou sendo baleado.

– Sim.

– Sujeito valente.

– Sim, ele era valente – disse Davy. – Tinha um excelente registro militar. Era irlandês.

– Como se chamava?

– Gorman. Michael Gorman.

– Michael Gorman – Egerton repetiu, franzindo a testa. – Não. Por um momento achei que o nome significava alguma coisa.

– É um nome muito comum. Mas, de qualquer maneira, ele salvou a vida da menina.

– E por que exatamente o senhor veio me procurar, inspetor-chefe?

– Esperava obter alguma informação. Sempre gostamos de ter o máximo de informações possível sobre a vítima de uma tentativa de homicídio.

– Claro, claro. Mas, olhe, na realidade, só encontrei Elvira umas duas vezes desde que ela era criança.

– O senhor a viu quando ela veio procurá-lo há uma semana, não?

– Sim, isso mesmo. O que exatamente o senhor quer saber? Se for alguma coisa sobre a personalidade dela, seus amigos e namorados ou brigas de relacionamento, esse tipo de coisa, é melhor o senhor consultar alguma das mulheres. Há uma sra. Carpenter, que a trouxe de volta da Itália, acho, e a sra. Melford, com quem ela mora em Kent.

– Já conversei com a sra. Melford.

– Oh.

– Não adiantou nada. E não quero saber tanto sobre o lado pessoal da menina. Afinal, estive com ela e ouvi o que tinha a me dizer. Aliás, o que ela estava disposta a me dizer.

Pelo rápido movimento das sobrancelhas de Egerton, o inspetor-chefe Davy viu que ele entendeu bem o uso da palavra "disposta".

– Disseram-me que ela estava preocupada e assustada com alguma coisa, convencida de que sua vida corria perigo. Foi essa a sua impressão quando ela veio conversar com o senhor?

– Não – respondeu Egerton, lentamente. – Não. Não diria isso. Se bem que ela me disse umas coisas que me pareceram curiosas.

– Como o quê?

– Bem, ela queria saber quem seria seu herdeiro se ela morresse de repente.

– Ah – fez o inspetor Davy –, então ela pensava nessa possibilidade, não é? Que ela podia morrer de repente. Interessante.

– Ela tinha alguma coisa na cabeça, mas não sei o que era. Ela também queria saber quanto dinheiro tinha, ou terá, quando fizer 21 anos. Isso talvez seja mais compreensível.

– Calculo que seja bastante dinheiro.

– Sim, é um fortuna, inspetor-chefe.

– Por que o senhor acha que ela queria saber?

– Sobre o dinheiro?

– Sim, e sobre quem o herdaria.

– Não sei – disse Egerton. – Não sei mesmo. Ela também comentou a respeito de casamento...

– O senhor teve a impressão de que havia um homem no caso?

– Não tenho nenhuma prova, mas... sim, foi o que pensei. Achei que devia haver um namorado nessa história. Normalmente há. Luscombe, o coronel Luscombe, tutor dela, parece não saber da existência de nenhum namorado. Mas o velho Derek Luscombe jamais saberia uma coisa dessas. Ficou muito perturbado quando insinuei que havia um namoro escondido, provavelmente indesejável.

– É indesejável mesmo – disse Davy.

– Oh. Então o senhor sabe quem é o rapaz.

– Tenho um ótimo palpite. Ladislaus Malinowski.

– O piloto de corrida? Você acha? Um sujeito belo e audacioso. As mulheres ficam loucas por ele. Como será que ele a conheceu? Não vejo a interseção das órbitas dos dois... A não ser... Sim, acho que ele esteve em Roma alguns meses atrás. Talvez tenham se conhecido lá.

– Bem possível. Ou será que ela o conheceu por intermédio da mãe?

– O quê? Por intermédio de Bess? Não acho muito provável.

Davy tossiu.

– Dizem que lady Sedgwick e Ladislaus Malinowski eram muito amigos.

– Oh, sim, sim... é o que todos dizem. Pode ser verdade, mas pode não ser. Eles são muito amigos. Na vida que levam, estão sempre juntos. Bess teve seus casos amorosos, claro, embora não seja do tipo ninfomaníaco. As pessoas acusam logo as mulheres disso, mas isso se aplica a Bess. De qualquer maneira, até onde eu sei, Bess e a filha mal se conhecem.

– Foi o que lady Sedgwick me disse. O senhor confirma?

Egerton assentiu com a cabeça.

– Que outros parentes a srta. Blake tem?

– Para todos os efeitos, nenhum. Os dois irmãos da mãe morreram na guerra... e ela própria era a única filha do velho Coniston. A sra. Melford, embora Elvira a chame de "prima Mildred", na verdade é prima do coronel Luscombe. Luscombe fez o que pôde pela menina, do seu modo consciencioso e antiquado... mas é difícil, para um homem.

– O senhor disse que a srta. Blake falou em casamento. Suponho que não há possibilidade de ela estar realmente casada...

– Ela é menor de idade. Teria que ter o consentimento de seu tutor e dos curadores.

– Tecnicamente sim. Mas os jovens nem sempre esperam por isso – disse Pai.

— Eu sei. É lamentável. Precisamos enfrentar toda a burocracia para obter a tutela legal. E mesmo isso tem seus obstáculos.

— E uma vez casados, pronto – disse Pai. – Se ela fosse casada e morresse de repente, o marido herdaria tudo?

— Essa ideia de casamento é totalmente improvável. Ela foi educada com todo o cuidado e... – Egerton parou, vendo o sorriso cético do inspetor.

Por mais bem-educada que tivesse sido, Elvira conseguira travar conhecimento com um sujeito altamente indesejável como Ladislaus Malinowski.

— Sua mãe fugiu com um homem, é verdade – disse Egerton, de maneira dúbia.

— Sim, fugiu. Era de se esperar. Mas a srta. Blake é diferente. Só faz o que quer, como a mãe, mas quer outras coisas.

— O senhor não acha realmente que...

— Não acho nada... *ainda* – retrucou o inspetor-chefe Davy.

Capítulo 24

Ladislaus Malinowski olhou para um policial, depois para o outro, atirou a cabeça para trás e deu uma gargalhada.

– É muito engraçado! – disse ele. – Vocês parecem duas corujas solenes. É ridículo vocês me pedirem para vir até aqui para ser interrogado. Vocês não têm nada contra mim. Nada.

– Achamos que o senhor pode nos ajudar no nosso inquérito, sr. Malinowski – disse o inspetor-chefe Davy, com a educação de um oficial. – O senhor tem um carro, um Mercedes-Otto, placa FAN 2266.

– Existe alguma coisa que me proíba de ter um carro desses?

– Não, não existe nada. Só há uma pequena dúvida quanto ao número correto. Seu carro foi visto numa rodovia, a M7, a placa naquela ocasião era outra.

– Bobagem. Devia ser outro carro.

– Não há muitos carros como o seu. Nós verificamos todos os que existem.

– Vocês acreditam em tudo o que seus guardas de trânsito dizem! Chega a ser cômico. Onde foi isso?

– O local onde a polícia o deteve e pediu para ver sua carteira de motorista não fica longe de Bedhampton. Foi na noite do assalto ao trem postal irlandês.

– Vocês realmente me divertem – disse Ladislaus Malinowski.

– O senhor tem um revólver?

– Claro, tenho um revólver e uma pistola automática. Tenho porte de arma.

– Ótimo. E as armas ainda estão em seu poder?
– Sim, claro.
– Eu já o avisei, sr. Malinowski.
– O famoso aviso da polícia! "Tudo o que você disser será registrado e poderá ser usado contra você no tribunal."
– Não é exatamente assim a frase – disse Pai, com brandura. – Usado, sim. Contra você, não. Não quer fazer uma ressalva nessa declaração?
– Não.
– E tem certeza de que não quer a presença de seu advogado?
– Não gosto de advogados.
– Algumas pessoas não gostam mesmo. Onde estão as armas agora?
– Acho que o senhor sabe muito bem onde elas estão, inspetor-chefe. A pistola pequena está no porta-luvas do meu carro, o Mercedes-Otto, placa número FAN 2266, como eu disse. O revólver está numa gaveta, no meu apartamento.
– O senhor tem razão quanto ao revólver na gaveta – disse Pai –, mas a outra arma, a pistola, não está no seu carro.
– Está sim. No porta-luvas, do lado esquerdo.
Pai sacudiu a cabeça.
– Talvez já tenha estado. Não está mais. Será esta aqui, sr. Malinowski?
Davy empurrou uma pequena pistola automática por cima da mesa. Ladislaus Malinowski, perplexo, pegou-a.
– Sim! É a minha pistola! Então foram vocês que a pegaram no meu carro.
– Não – disse Pai. – Não a pegamos no seu carro. Ela não estava no seu carro. Foi encontrada em outro lugar.

– Onde, posso saber?

– Encontramos sua pistola num trecho da Pond Street – respondeu Pai –, que, como o senhor deve saber, é uma rua perto do Park Lane. Poderia ter sido largada por um homem andando nessa rua... ou correndo, talvez.

Ladislaus Malinowski encolheu os ombros.

– Não tenho nada a ver com isso. Não joguei a arma lá. Ela estava no meu carro há um ou dois dias. Não ficamos o tempo todo olhando para ver se as coisas estão onde as colocamos. Presumimos que estão.

– O senhor sabia, sr. Malinowski, que esta foi a pistola usada para atirar em Michael Gorman na noite de 26 de novembro?

– Michael Gorman? Não conheço nenhum Michael Gorman.

– O porteiro do Hotel Bertram.

– Ah, sim, o sujeito que morreu baleado. Li a respeito. E o senhor está dizendo que o tiro veio da *minha* pistola? Que bobagem!

– Não é bobagem. Os peritos em balística afirmaram. O senhor entende o suficiente de armas de fogo para saber que a prova de balística é indiscutível.

– Vocês estão querendo me pegar. Sei como vocês fazem na polícia!

– Acho que o senhor conhece muito bem a polícia da Inglaterra, sr. Malinowski.

– O senhor está insinuando que eu atirei em Michael Gorman?

– Por enquanto, estamos apenas tomando seu depoimento. Não fizemos nenhuma acusação.

– Mas é isso o que vocês acham. Que eu atirei naquele sujeito fardado. Por que eu atiraria? Não lhe devia dinheiro, não tinha nada contra ele.

– O tiro foi dirigido a uma moça. Gorman correu para protegê-la e recebeu a segunda bala no peito.

– Uma moça?

– Uma moça que eu acho que o senhor conhece. A srta. Elvira Blake.

– O senhor está dizendo que alguém tentou matar Elvira com a *minha* pistola? – perguntou Ladislaus Malinowski, aparentemente incrédulo.

– Talvez vocês tenham tido um desentendimento.

– O senhor está insinuando que eu tive uma briga com Elvira e atirei nela? Que loucura! Por que eu atiraria na mulher com quem vou me casar?

– Isso faz parte do seu depoimento? Que o senhor vai se casar com a srta. Elvira Blake?

Ladislaus hesitou por um momento.

– Ela ainda é muito nova – disse finalmente, encolhendo os ombros. – O assunto ainda não está resolvido.

– Talvez ela tenha prometido se casar com o senhor e depois mudou de ideia. Ela estava com medo de *alguém*. Seria do senhor, sr. Malinowski?

– Por que eu desejaria a sua morte? Ou estou apaixonado e quero me casar com ela, ou não estou e não me caso. Não sou obrigado a me casar. Simples. Por que eu iria querer matá-la?

– Não há muita gente próxima o suficiente para querer matá-la. – Davy esperou um momento e disse, como quem não quer nada: – Há a mãe dela, claro.

– O quê? – Malinowski deu um salto. – *Bess?* Bess matar a própria filha? Vocês estão loucos! Por que Bess mataria Elvira?

– Talvez porque, como parente mais próxima, fosse herdar uma grande fortuna.

– Bess? O senhor está dizendo que Bess mataria por dinheiro? Ela já tem dinheiro suficiente, do marido americano.

– Suficiente não é o mesmo que uma grande fortuna – observou Pai. – As pessoas matam por uma fortuna. Existem casos de mães que mataram os filhos e de filhos que mataram a mãe.

– Vocês só podem estar loucos!

– O senhor disse que ia se casar com a srta. Blake. Será que já se casou? Nesse caso, o senhor herdaria a fortuna.

– Que disparates o senhor diz! Eu não me casei com Elvira. Ela é uma mulher muito bonita, eu gosto dela, e ela está apaixonada por mim. Sim, confesso tudo isso. Eu a conheci na Itália. Divertimo-nos... mas não houve mais nada. Entende?

– Será? O senhor acabou de dizer, sr. Malinowski, que ia se casar com ela.

– Ah, isso.

– Sim, isso. Não era verdade?

– Disse isso porque queria dar uma impressão mais respeitável. Vocês são tão melindrosos neste país!

– A sua explicação me parece inverossímil.

– O senhor não entende nada. A mãe dela e eu... somos amantes... eu não queria falar... por isso insinuei que a filha e eu... estávamos noivos. Para soar mais inglês e adequado.

– Para mim soa ainda mais inverossímil. O senhor está precisando muito de dinheiro, não está, sr. Malinowski?

– Meu caro inspetor, eu sempre preciso de dinheiro. É uma tristeza.

– E alguns meses atrás o senhor estava gastando dinheiro sem se preocupar.

– Ah. Tive um momento de sorte. Sou jogador. Confesso.

– É fácil de acreditar. Onde o senhor teve esse "momento de sorte"?

– Isso eu não digo. O senhor não pode me obrigar a dizer.

– Não obrigo.

– Isso é tudo o que tem a me perguntar?

– Por enquanto, sim. O senhor identificou a pistola como sua. Isso será muito útil.

– Não entendo... não consigo conceber... – parou de falar no meio da frase e estendeu a mão. – Me dê essa pistola, por favor.

– Sinto muito, mas no momento vamos ficar com ela. Vou lhe dar um recibo para apanhá-la depois.

O inspetor-chefe Davy fez o recibo e entregou-o a Malinowski.

Malinowski foi embora, batendo a porta.

– Sujeito temperamental – disse Pai.

– O senhor não o pressionou sobre o número falso da placa e Bedhampton.

– Não. Queria que ele ficasse perturbado, mas não muito. Vamos lhe dando uma coisa de cada vez com o que se preocupar. E ele já está preocupado.

– O Velho quer vê-lo, senhor, assim que terminar.

Davy assentiu com a cabeça e foi até a sala de sir Ronald.

– Ah, Pai! Algum progresso?

– Sim. Tudo indo bem. Muito peixe na rede. A maioria peixe miúdo. Mas estamos chegando perto dos grandes. Tudo caminhando...

– Maravilha, Fred – disse o comissário assistente.

Capítulo 25

I

Miss Marple desceu do trem em Paddington e avistou a figura corpulenta do inspetor Davy na plataforma esperando por ela.

– Muito prazer em vê-la, Miss Marple – disse ele, segurando-a pelo cotovelo e conduzindo-a até onde um carro os aguardava. O motorista abriu a porta, Miss Marple entrou, seguida por Davy, e o carro partiu.

– Para onde o senhor está me levando, inspetor Davy?

– Para o Hotel Bertram.

– Meu Deus, para o Hotel Bertram de novo? Por quê?

– A resposta oficial é: porque a polícia acha que a senhora pode ajudar nas investigações.

– A frase me parece familiar, mas não é um pouco sinistra? Muitas vezes anuncia uma ordem de prisão.

– Não vou prendê-la, Miss Marple – sorriu Pai. – A senhora tem um álibi.

Miss Marple digeriu a informação em silêncio.

– Sei – disse depois de um tempo.

Continuaram calados até chegarem ao Hotel Bertram. A srta. Gorringe ergueu os olhos de trás do balcão, mas o inspetor Davy levou Miss Marple para o elevador.

– Segundo andar.

O elevador subiu, parou, e Pai saiu na frente no corredor. Quando ele abriu a porta do nº 18, Miss Marple disse:

– Esse era o meu quarto quando eu estava hospedada aqui.

– Sim – disse Pai.

Miss Marple sentou-se na poltrona.

– Um quarto muito confortável – observou, olhando em volta com um suspiro.

– Eles realmente entendem de conforto – concordou Pai.

– O senhor parece cansado, inspetor – disse Miss Marple, inesperadamente.

– Tenho andado de um lado para o outro. Na verdade, acabei de chegar da Irlanda.

– É mesmo. De Ballygowlan?

– E como a senhora sabe sobre Ballygowlan, posso saber? Desculpe-me se pareço grosseiro.

Miss Marple o perdoou com um sorriso.

– Imagino que Michael Gorman tenha lhe contado que ele era de lá, não?

– Não foi exatamente isso – respondeu Miss Marple.

– Então, se me permite perguntar, como é que a senhora sabia?

– Ai, meu Deus – exclamou Miss Marple –, que constrangedor! Foi por causa de uma conversa que ouvi por acaso.

– Sei.

– Eu não estava bisbilhotando. Foi numa sala aberta ao público. Para ser sincera, gosto de escutar as pessoas conversando. Todo mundo gosta. Principalmente quando somos velhos e não saímos muito. O que estou dizendo é que, se há pessoas conversando por perto, você escuta.

– Ora, parece-me muito natural – disse Pai.

– Até certo ponto, sim – disse Miss Marple. – Se as pessoas não se preocupam em baixar a voz, podemos presumir que elas sabem que serão ouvidas. Mas é claro que pode haver outras situações. Às vezes, mesmo sabendo que a sala é aberta ao público, as pessoas quando conversam não se dão conta da presença de outros. E aí temos que decidir o que fazer. Levantar? Pigarrear? Ou ficar quieto num canto, torcendo para não descobrirem? A situação é sempre constrangedora.

O inspetor-chefe Davy consultou o relógio.

– Olhe, quero ouvir mais, mas o cônego Pennyfather deve chegar a qualquer momento. Preciso ir recebê-lo, se a senhora não se incomodar.

Miss Marple respondeu que não se incomodava. Davy saiu do quarto.

II

O cônego Pennyfather passou pela porta de vaivém e ganhou o saguão do Hotel Bertram. Franziu a testa, tentando descobrir o que parecia ligeiramente diferente no Bertram. Será que tinham pintado ou redecorado? O cônego sacudiu a cabeça. Não era isso, mas havia *algo*. Não lhe ocorreu que era a diferença entre um porteiro de um metro e oitenta de altura, olhos azuis e cabelo preto e outro dez centímetros mais baixo, com ombros caídos, sardas e um tufo de cabelo claro saindo do chapéu. Só sabia que alguma coisa estava diferente. Do seu jeito distraído, dirigiu-se à recepção. A srta. Gorringe estava lá e o cumprimentou.

– Cônego Pennyfather! Que prazer em vê-lo. O senhor veio buscar sua bagagem? Está pronta. Se o senhor tivesse avisado, poderíamos ter enviado suas coisas para o endereço que quisesse.

– Obrigado – disse o cônego Pennyfather –, muito obrigado. A senhora é sempre muito gentil, srta.

Gorringe. Mas como eu tinha que vir a Londres hoje de qualquer maneira, achei melhor vir buscar minha bagagem pessoalmente.

– Ficamos preocupados com o senhor – disse a srta. Gorringe. – Por ter desaparecido. Ninguém conseguia encontrá-lo. O senhor sofreu um acidente de carro, não?

– Sim – respondeu o cônego Pennyfather. – Foi isso mesmo. As pessoas dirigem rápido demais hoje em dia. Um perigo. Não me lembro muito do que aconteceu. Afetou minha cabeça. Concussão, diz o médico. Bom, à medida que vamos envelhecendo, nossa memória... – disse, balançando a cabeça com tristeza. – E como está, srta. Gorringe?

– Oh, estou ótima – respondeu a srta. Gorringe.

Nesse momento, o cônego Pennyfather achou a srta. Gorringe diferente também. Ficou olhando para ela, tentando descobrir onde estava a diferença. Seria no cabelo? Não, o cabelo estava igual a sempre. Talvez um pouco mais frisado. Vestido preto, medalhão grande, broche de camafeu. Tudo como de costume. Mas havia uma diferença. Será que ela estava mais magra? Ou será... sim, claro, ela parecia *preocupada*. O cônego Pennyfather não percebia com frequência a preocupação nas pessoas, não era do tipo que reparava nas feições, mas nesse caso reparara, talvez porque a srta. Gorringe sempre tivesse apresentado, durante tantos anos, exatamente a mesma expressão aos hóspedes.

– A senhora não esteve doente, esteve? – perguntou, demonstrando interesse. – Parece um pouco mais magra.

– Bem, tivemos muitos problemas aqui, cônego Pennyfather.

– É verdade. Lamento muito. Espero que não tenha sido por causa do meu desaparecimento.

– Não! – disse a srta. Gorringe. – É claro que ficamos preocupados, mas assim que soubemos que o senhor estava bem... – fez uma pausa e prosseguiu: – Não. Não... é que... talvez o senhor já tenha lido nos jornais. Gorman, nosso porteiro, foi morto.

– Ah, sim – disse o cônego Pennyfather. – Agora me lembro. Vi no jornal que houve um assassinato aqui.

A srta. Gorringe estremeceu ante a menção da palavra "assassinato". Um calafrio lhe percorreu a espinha.

– Terrível – disse ela. – Terrível. Nunca aconteceu nada parecido no Hotel Bertram. Digo, o Bertram não é o tipo de hotel onde acontecem assassinatos.

– Claro que não – disse o cônego Pennyfather rapidamente. – Com certeza. Jamais teria pensado que pudesse acontecer uma coisa dessas *aqui*.

– Se bem que não foi *dentro* do hotel – disse a srta. Gorringe, animando-se um pouco ao lembrar-se desse fato. – Foi do lado de fora, na rua.

– Então não tem nada a ver com vocês – disse o cônego Pennyfather, solícito.

Aparentemente não era a coisa certa a dizer.

– Mas envolveu o Bertram. A polícia até veio aqui, interrogar as pessoas. Porque foi nosso porteiro que morreu.

– Então vocês estão com um novo porteiro lá fora. Bem que reparei que as coisas estavam um pouco estranhas.

– Sim. Não sei se ele é muito competente. Quer dizer, não para o nosso nível. Mas tivemos que arrumar um substituto às pressas.

– Agora estou me lembrando de tudo – disse o cônego Pennyfather, reunindo algumas lembranças vagas do que lera no jornal uma semana antes. – Mas achei que tivesse sido uma moça que levou o tiro.

– O senhor se refere à filha de lady Sedgwick? O senhor deve se lembrar dela aqui, em companhia do tutor, o coronel Luscombe. Dizem que ela foi atacada por alguém no nevoeiro. Provavelmente alguém que queria roubar sua bolsa. De qualquer maneira, atiraram nela, e Gorman, que havia sido soldado e era um homem de muita presença, correu para ajudar, ficou na frente dela e foi baleado, coitado.

– Muito triste, muito triste – disse o cônego Pennyfather, sacudindo a cabeça.

– Isso dificulta tudo – reclamou a srta. Gorringe. – A polícia entrando e saindo o tempo todo. É normal, nesta situação, mas não gostamos disso. Embora eu deva dizer que o inspetor-chefe Davy e o sargento Wadell são muito discretos. Aparecem à paisana, muito elegantes, sem aquelas botas e capas de chuva que vemos nos filmes. Quase como qualquer um de nós.

– É... – disse o cônego Pennyfather.

– O senhor teve que ir para o hospital? – perguntou a srta. Gorringe.

– Não – respondeu o cônego. – Um casal muito bondoso, realmente bons samaritanos... ele é horticultor, creio eu... me encontrou, e a mulher cuidou de mim. Sou muito grato a eles. Muito mesmo. É uma alegria constatar que ainda existe bondade no mundo. Não acha?

A srta. Gorringe concordou.

– Depois de tudo o que lemos sobre o aumento da criminalidade – acrescentou ela –, todos esses rapazes e moças que roubam bancos, assaltam trens, atacam pessoas... – Levantou a vista e disse: – Lá vem o inspetor--chefe descendo a escada. Acho que ele quer falar com o senhor.

– Não sei o que ele quer falar comigo – disse o cônego Pennyfather, intrigado. – Ele já veio me procurar. Em Chadminster. Acho que ficou muito decepcionado porque eu não pude lhe contar nada de útil.

– Não pôde?

O cônego balançou a cabeça, com tristeza.

– Não me lembrava. O acidente aconteceu perto de um lugar chamado Bedhampton, e, de verdade, não sei o que eu poderia estar fazendo ali. O inspetor-chefe Davy ficou me perguntando por que eu estava ali, e eu não sabia responder. Muito estranho, não? Ele parece achar que eu vinha de carro de algum lugar próximo da estação de trem para uma paróquia.

– É possível – disse a srta. Gorringe.

– Não é nem um pouco possível – retrucou o cônego Pennyfather. – Por que eu estaria dirigindo um carro num lugar que nem conheço?

O inspetor-chefe Davy chegou.

– Aqui está o senhor, cônego Pennyfather – disse. – Está recuperado?

– Oh, estou ótimo agora – respondeu o cônego –, mas ainda tenho dores de cabeça. E recebi recomendação de não fazer muito esforço. Só que ainda não consigo me lembrar do que deveria me lembrar, e o médico disse que talvez nunca mais me lembre.

– Ora, não devemos perder a esperança – disse Davy, afastando o cônego do balcão. – Queria que o senhor fizesse uma pequena experiência. Não se importa de me ajudar, não é?

III

Quando o inspetor-chefe Davy abriu a porta do número 18, Miss Marple ainda estava sentada na poltrona perto da janela.

– Muita gente na rua hoje – observou ela. – Mais do que de costume.

— Bem, este é um atalho entre a Berkeley Square e o Shepherd Market.

— Não falo apenas de transeuntes. Falo de homens trabalhando... pessoas consertando o asfalto, uma van da companhia telefônica, um caminhão frigorífico, carros particulares...

— E o que a senhora deduz disso, se me permite perguntar?

— Não disse que deduzia alguma coisa.

Pai olhou para ela e pediu:

— Quero que a senhora me ajude.

— Claro. É para isso que estou aqui. O que o senhor quer que eu faça?

— Quero que a senhora faça exatamente o que fez na noite de 19 de novembro. A senhora estava dormindo... acordou... possivelmente por causa de algum barulho inusitado. Acendeu a luz, olhou as horas, saiu da cama, abriu a porta e olhou para fora. A senhora poderia repetir essas ações?

— Claro — respondeu Miss Marple. Levantou-se e foi até a cama.

— Só um momento.

Davy bateu de leve na parede divisória dos dois quartos.

— O senhor tem que bater com mais força — disse Miss Marple. — Este lugar é muito bem construído. Tudo muito sólido.

O inspetor redobrou a força.

— Falei para o cônego Pennyfather contar até dez — disse ele, olhando para o relógio. — Agora, pode começar.

Miss Marple tocou na lâmpada da cabeceira, olhou para um relógio imaginário, levantou-se, caminhou até a porta, abriu-a e olhou para fora. À sua direita, o cônego Pennyfather saía do quarto e caminhava para a escada. Ao chegar à escada, o cônego começou a descer os degraus. Miss Marple prendeu a respiração por um segundo e voltou.

— E? — perguntou Davy.

— O homem que eu vi naquela noite não pode ter sido o cônego Pennyfather — disse Miss Marple. — Ou esse aí não é o cônego Pennyfather.

— Achei que a senhora tivesse dito...

— Eu sei. Ele parecia o cônego Pennyfather. O cabelo, a roupa, tudo. Mas andava diferente. Acho... acho que era mais jovem. Sinto muito ter confundido o senhor, mas não foi o cônego Pennyfather que eu vi naquela noite. Agora eu tenho certeza.

— Tem certeza absoluta desta vez, Miss Marple?

— Sim — respondeu Miss Marple. — Sinto muito ter confundido o senhor — repetiu.

— A senhora estava quase certa. O cônego Pennyfather realmente voltou ao hotel aquela noite. Ninguém o viu entrando... mas isso não é nenhuma surpresa. Ele chegou depois da meia-noite. Subiu a escada, abriu a porta do quarto dele, ao lado do seu, e entrou. O que ele viu ou o que aconteceu a seguir, não sabemos, porque ele não sabe ou não quer nos contar. Se houvesse uma forma de lhe refrescar a memória...

— Existe aquela palavra em alemão — disse Miss Marple, pensativa.

— Que palavra em alemão?

— Ai, meu Deus, esqueci agora, mas...

Bateram na porta.

— Posso entrar? — perguntou o cônego Pennyfather. E entrou. — Deu certo?

— Sim — respondeu Pai. — Eu estava dizendo a Miss Marple... o senhor conhece Miss Marple?

– Oh, sim – disse o cônego Pennyfather, sem saber se conhecia ou não.

– Então, eu estava dizendo a Miss Marple como reconstituímos os movimentos do senhor. O senhor voltou para o hotel aquela noite depois da meia-noite, subiu a escada, abriu a porta do seu quarto e entrou... – Pai fez uma pausa.

Miss Marple soltou uma exclamação.

– Lembrei! Lembrei da palavra em alemão. É *Doppelgänger*!

O cônego Pennyfather exclamou também:

– Mas é claro! É claro! Como é que eu fui esquecer? A senhora tem toda a razão. Depois daquele filme, *As Muralhas de Jericó*, voltei para cá, subi a escada, abri a porta do meu quarto e vi... inacreditavelmente, vi *a mim mesmo* sentado numa cadeira, de frente para mim. Como a senhora diz, minha cara, um *doppelgänger*. Que incrível! E aí... deixe-me ver... – O cônego Pennyfather levantou os olhos, tentando lembrar.

– E aí – disse Pai –, assustado com a sua presença, quando achava que o senhor estivesse bem longe, em Lucerna, alguém lhe deu uma pancada na cabeça.

CAPÍTULO 26

O cônego Pennyfather foi colocado num táxi rumo ao Museu Britânico. Miss Marple foi acomodada pelo inspetor no saguão do hotel. Será que ela se importaria em esperá-lo uns dez minutos? Miss Marple não se importou. Até gostou da oportunidade de ficar ali, observando os arredores e pensando.

O Hotel Bertram. Quantas lembranças... O passado misturava-se com o presente. Uma frase em francês lhe veio à mente: "*Plus ça change, plus c'est la même chose*". Inverteu a ordem: "*Plus c'est la même chose, plus ça change*". Dá no mesmo, pensou.

Sentia-se triste pelo Hotel Bertram e por si mesma. O que será que o inspetor Davy ia querer dela agora? Percebia nela a animação de quem tem um propósito. Era um homem cujos planos finalmente se concretizavam. Era o dia D para o inspetor.

A vida no Bertram continuava como sempre. Não, concluiu Miss Marple, como sempre não. Havia uma diferença, embora não soubesse precisar qual. Um certo mal-estar geral?

– Tudo pronto? – perguntou Davy, bem-humorado.
– Para onde o senhor vai me levar agora?
– Vamos fazer uma visita a lady Sedgwick.
– Ela está hospedada aqui?
– Sim. Com a filha.
Miss Marple levantou-se. Olhou em volta e disse:
– Coitado do Bertram.
– Como assim "coitado do Bertram"?

– Acho que o senhor entende perfeitamente o que eu quero dizer.

– Bom, olhando do seu ponto de vista, talvez eu entenda mesmo.

– É sempre triste quando uma obra de arte tem que ser destruída.

– A senhora chama este lugar de obra de arte?

– Chamo, claro. O senhor também.

– Entendo o que a senhora quer dizer – admitiu Pai.

– É como quando descobrimos um canteiro invadido pela podagrária. Não há nada a fazer. A única saída é arrancar tudo.

– Não entendo muito de plantas. Mas mude a metáfora para mofo e eu concordo.

Subiram de elevador e atravessaram o corredor que levava ao quarto de lady Sedgwick e da filha.

Davy bateu na porta, uma voz disse para entrar, e ele entrou, seguido por Miss Marple.

Bess Sedgwick estava sentada numa cadeira de respaldar alto, perto da janela, com um livro no colo, mas ela não estava lendo.

– O senhor de novo, inspetor – disse, reparando em Miss Marple, com certa surpresa.

– Esta é Miss Marple – explicou o inspetor Davy. – Miss Marple, lady Sedgwick.

– Já a vi antes – disse Bess Sedgwick. – A senhora estava com Selina Hazy no outro dia, não estava? Por favor, sentem-se. – Acrescentou, dirigindo-se a Davy novamente: – O senhor tem alguma notícia do homem que atirou em Elvira?

– Notícia propriamente, não.

– Duvido que venha a ter. Num nevoeiro daqueles, os bandidos ficam à solta procurando mulheres desacompanhadas.

— Verdade, até certo ponto – disse Pai. – Como está sua filha?

— Oh, Elvira já está bem.

— Está aqui com a senhora?

— Sim. Liguei para o coronel Luscombe... seu tutor. Ele ficou muito feliz com meu desejo de cuidar dela. – Deu uma risada repentina. – Coitado! Sempre insistiu num ato de reconciliação entre mãe e filha!

— Talvez ele tenha razão – disse Pai.

— Não, não tem. No momento, sim, acho que é o melhor. – Virou a cabeça para olhar pela janela aberta e falou, com a voz mudada: – Ouvi dizer que o senhor prendeu um amigo meu, Ladislaus Malinowski. Qual a acusação?

— Não *prendi* – corrigiu o inspetor-chefe. – Ele só está nos ajudando nas investigações.

— Mandei meu advogado ir procurá-lo.

— Muito sensato de sua parte – disse Pai. – Quem tem qualquer problema com a polícia deve mesmo chamar um advogado. Caso contrário, pode acabar falando a coisa errada.

— Mesmo se a pessoa for completamente inocente?

— Talvez seja ainda mais necessário nesse caso – disse Pai.

— O senhor é bem sarcástico, não? Posso saber sobre o que estão o interrogando? Ou não posso?

— Primeiramente, queremos saber, com exatidão, tudo o que ele fez na noite em que Michael Gorman morreu.

Bess Sedgwick empertigou-se na cadeira.

— O senhor está achando que *Ladislaus* atirou em Elvira? Mas que ideia absurda! Se eles nem se conhecem.

— Ele poderia ter atirado. O carro dele estava estacionado na esquina.

— Bobagem — exclamou lady Sedgwick.

— Até que ponto os tiros daquela noite a perturbaram, lady Sedgwick?

Bess Sedgwick pareceu ligeiramente surpresa.

— Naturalmente fiquei abalada com a minha filha tendo escapado por um triz. O que o senhor esperava?

— Eu não quis dizer isso. O que eu quero saber é até que ponto a morte de Michael Gorman a abalou?

— Fiquei muito comovida. Ele era um homem valente.

— Só isso?

— O que mais o senhor espera que eu diga?

— A senhora o conhecia, não?

— Claro. Ele trabalhava aqui.

— Mas a senhora o conhecia um pouco mais do que isso, não conhecia?

— Como assim?

— Ora, lady Sedgwick. Ele era seu marido, não era?

Bess Sedgwick não respondeu imediatamente, mas não deu sinais de inquietação ou perplexidade.

— O senhor sabe de muita coisa, não sabe, inspetor-chefe? — soltou um suspiro e encostou-se. — Eu não o via há muitos anos. Vinte... mais de vinte anos. Até que um dia, olhei pela janela e de repente reconheci o Micky.

— E ele a reconheceu?

— Muito surpreendente que reconhecêssemos um ao outro – disse Bess Sedgwick. – Só ficamos juntos uma semana, mais ou menos. Minha família nos pegou, deu dinheiro a ele e me levou de volta para casa, morrendo de vergonha.

Deu outro suspiro.

— Eu era muito nova quando fugi com ele. Sabia muito pouco. Era só uma menina boba, com a cabeça cheia de ideias românticas. Ele era um herói para mim, principalmente porque andava a cavalo. Não sabia o que era medo. E era um rapaz bonito, alegre, com sotaque irlandês! Acho que, na verdade, *eu* é que *o* raptei! Ele não teria pensado nisso! Mas eu era rebelde, obstinada e estava completamente apaixonada! – sacudiu a cabeça. – Não durou muito... As primeiras 24 horas foram suficientes para me desiludir. Ele bebia, era grosso e violento. Quando a minha família apareceu e me levou de volta, fiquei agradecida. Não queria nunca mais ouvir falar dele.

– A sua família sabia que a senhora estava casada com ele?

– Não.

– A senhora não contou nada?

– Eu não achava que estivesse casada.

– Como foi que isso aconteceu?

– Nós nos casamos em Ballygowlan, mas quando minha família apareceu, Micky me disse que o casamento tinha sido uma farsa. Ele e os amigos tinham armado tudo. Na época, não me surpreendi. Era de se esperar isso dele. Se ele queria o dinheiro que minha família lhe ofereceu ou se receava ter infringido a lei por ter se casado com uma menor de idade, não sei. De qualquer maneira, não duvidei, nem por um momento, de que o que ele me dissera fosse verdade. Na ocasião, não duvidei.

– E depois?

Bess Sedgwick parecia perdida em seus pensamentos.

– Só muitos anos depois, quando eu já conhecia um pouco melhor a vida e as questões legais, foi que me ocorreu, de repente, que provavelmente eu estava mesmo casada com Micky Gorman!

– Nesse caso, quando a senhora se casou com o lorde Coniston, cometeu bigamia.

– E quando me casei com Johnnie Sedgwick e, depois, com meu marido americano, Ridgway Becker. – Olhou para o inspetor-chefe e riu, parecendo se divertir. – Quanta bigamia! – disse. – É realmente muito ridículo.

– A senhora nunca pensou em se divorciar?

Bess Sedgwick encolheu os ombros.

– Tudo parecia um sonho idiota. Por que mexer no que está enterrado? Contei para o Johnnie, claro. – Sua voz se abrandou ao pronunciar aquele nome.

– E o que ele disse?

– Ele não ligou. Eu e Johnnie não respeitávamos tanto a lei.

– Mas a bigamia acarreta certas penalidades, lady Sedgwick.

Bess olhou para o inspetor-chefe e riu.

– Quem se preocuparia com uma coisa que tinha acontecido na Irlanda anos atrás? O assunto já nem existia mais. Micky pegou seu dinheiro e se mandou. O senhor não entende? Parecia apenas um incidente sem importância. Um incidente que eu queria esquecer. Deixei aquilo para trás com todas as coisas que não importam na vida.

– E aí – disse Pai com uma voz tranquila –, num belo dia de novembro, Michael Gorman volta para chantageá-la.

– Absurdo! Quem foi que disse que ele me chantageou?

Lentamente, Davy se voltou para a senhora idosa que estava sentada em silêncio, muito ereta na cadeira.

– A senhora – disse Bess Sedgwick, encarando Miss Marple. – Como é que *a senhora* pode saber?

Seu tom era mais de curiosidade do que de acusação.

– As poltronas deste hotel têm encostos muito altos – disse Miss Marple. – São muito confortáveis. Eu estava sentada numa poltrona, em frente à lareira, na sala de correspondência. Estava só descansando antes de sair, pela manhã. A senhora entrou para escrever uma carta. Imagino que não percebeu que havia outra pessoa na sala. E então... ouvi sua conversa com esse tal Gorman.

– A senhora ouviu?

– Claro – respondeu Miss Marple. – Por que não? Estávamos num recinto público. Quando a senhora levantou a janela e chamou o homem que estava do lado de fora, eu não tinha a mínima ideia de que vocês fossem ter uma conversa particular.

Bess fitou-a por um momento, assentindo lentamente com a cabeça.

– Está certo – disse. – Sim, compreendo. Mas, mesmo assim, a senhora interpretou mal o que ouviu. Micky não me chantageou. Ele pode ter pensado em chantagear, mas eu o interrompi antes que ele tentasse. – Seus lábios se curvaram num sorriso largo, tornando seu rosto muito atraente. – Eu o assustei.

– Sim – concordou Miss Marple. – A senhora o assustou mesmo. Conseguiu, se me permite o atrevimento, se safar muito bem.

Bess Sedgwick ergueu as sobrancelhas, achando graça.

– Mas eu não era a única pessoa que a ouvia – continuou Miss Marple.

– Minha nossa! O hotel inteiro estava ouvindo?

– A outra poltrona também estava ocupada.

– Por quem?

Miss Marple cerrou os lábios e lançou para o inspetor Davy um olhar quase de súplica, que dizia: "Se a coisa *tem que* ser feita, que a faça *o senhor*. Eu não consigo".

– Sua filha estava na outra poltrona – disse o inspetor-chefe Davy.

– Oh, não! – gritou Bess Sedgwick. – Não, não! Elvira não! Compreendo. Sim, compreendo. Ela deve ter pensado...

– Pensou tão seriamente no que tinha acabado de ouvir que foi à Irlanda em busca da verdade. E não foi difícil descobrir.

– Oh, não – repetiu Bess Sedgwick, dessa vez em voz baixa. – Coitada... Nunca me perguntou nada. Guardou tudo para si mesma. Se tivesse me perguntado, eu teria explicado, mostrado que não tinha a menor importância.

– Talvez ela tivesse concordado com a senhora nesse ponto – disse Davy. – É engraçado – continuou ele, de um modo reminiscente, descontraído, como um velho fazendeiro falando do gado e da terra –, aprendi, depois de muitos anos de tentativa e erro, a desconfiar de casos simples. Um caso simples geralmente é bom demais para ser verdade. Esse assassinato da outra noite era assim, simples. Uma moça diz que alguém atirou nela e errou. O porteiro vem correndo salvá-la e acaba levando um tiro. Pode ser que seja tudo verdade, mas do ponto de vista da menina. Por trás das aparências, a realidade pode ser muito diferente. A senhora acabou de dizer, lady Sedgwick, com muita veemência, que Ladislaus Malinowski não tinha nenhum motivo para atentar contra a vida da sua filha. Bem, sou obrigado a concordar com a senhora. Não acho que houvesse um motivo. Ele é do tipo de homem que, numa briga com uma mulher, puxa uma faca e a esfaqueia. Mas não creio que ele fosse se esconder num lugar ermo e esperar calmamente para lhe dar um tiro. Suponhamos, porém, que ele quisesse atirar *em outra pessoa*. Entre gritos e tiros, quem acabou morrendo foi *Michael Gorman*. Suponhamos que era isso mesmo o que *devia* acontecer. Malinowski planeja tudo com muito cuidado. Escolhe uma noite de nevoeiro, esconde-se na área e espera sua filha aparecer na rua. Ele sabe que ela está vindo porque combinou com ela. Dá um tiro. Não era para atingir a moça. Ele toma todo o cuidado de apontar para longe, mas a moça, evidentemente, julga que é o alvo do tiro e grita. O porteiro do hotel, ao ouvir o tiro e o grito, sai correndo pela rua, e aí *Malinowski atira em quem desejava atirar. Michael Gorman.*

– Não acredito numa palavra do que o senhor está dizendo! Por que raios Ladislaus ia querer matar Micky Gorman?

– Um pequeno caso de chantagem, talvez – disse Pai.

– O senhor está dizendo que o Micky estava chantageando *Ladislaus*? Com base em quê?

– Talvez – respondeu Pai –, com base no que acontece no Hotel Bertram. Michael Gorman pode ter descoberto muitas coisas.

– O que o senhor quer dizer com "o que acontece no Hotel Bertram"?

– Foi um bom golpe – disse Pai. – Bem planejado, brilhantemente executado. Mas nada dura para sempre. Miss Marple me perguntou outro dia o que havia de errado aqui. Bem, responderei a essa pergunta agora. O Hotel Bertram é, para todos os efeitos, o centro de operações de um dos maiores e mais bem organizados sindicatos do crime desses últimos anos.

Capítulo 27

Houve silêncio por cerca de um minuto e meio. E então Miss Marple falou, em tom de conversa:

– Muito interessante.

Bess Sedgwick virou-se para ela.

– A senhora não parece surpresa, Miss Marple.

– Na verdade, não estou. Havia muitas coisas curiosas que não se encaixavam. Era tudo bom demais para ser verdade, se a senhora me entende. O que se chama nos círculos teatrais de um belo espetáculo. Mas era um espetáculo, não era real. E várias coisinhas. Pessoas julgando reconhecer um amigo ou conhecido e se enganando.

– Essas coisas acontecem – disse o inspetor-chefe –, mas aconteciam com muita frequência, não é, Miss Marple?

– Sim – concordou Miss Marple. – Pessoas como Selina Hazy costumam cometer esse tipo de erro. Mas muitas outras cometiam o mesmo erro. Impossível não perceber.

– Ela percebe tudo – disse o inspetor-chefe Davy para Bess Sedgwick, como se Miss Marple fosse seu cãozinho adestrado.

Bess Sedgwick voltou-se bruscamente para ele.

– O que o senhor queria dizer quando falou que este lugar é o centro de operações de um sindicato do crime? Eu achava que o Hotel Bertram fosse o lugar mais respeitável do mundo.

– Naturalmente – disse Pai. – Era para ser. Muito dinheiro, tempo e planejamento foram investidos para fazer deste hotel o que ele é. Uma mistura perfeita entre o autêntico e o falso. Temos Henry, um excelente ator no papel de gerente, comandando o espetáculo. Temos Humfries, maravilhosamente plausível. Não tem ficha na polícia aqui, mas andou metido em atividades duvidosas em hotéis do exterior. Existem vários excelentes atores desempenhando diversos papéis aqui. Devo admitir que não tenho como não sentir uma enorme admiração por toda a montagem. Custou uma fortuna ao país. Tem dado muita dor de cabeça ao Departamento de Investigações Criminais e à polícia local. Toda vez que estávamos chegando perto, descobríamos que o incidente investigado não tinha nada a ver com nada. Mas continuamos com o quebra-cabeça, uma peça de cada vez. Uma garagem onde se guardavam placas de automóveis, que podiam ser imediatamente transferidas para determinados carros. Uma firma de caminhões de móveis, um caminhão frigorífico, um caminhão de produtos alimentícios em geral e até um ou dois caminhões postais falsos. Um piloto num carro de corrida, percorrendo distâncias inimagináveis em tempo recorde, e, na outra ponta, um clérigo idoso, se arrastando em seu velho Morris Oxford. Um chalé onde mora um horticultor que presta primeiros socorros quando necessário e que está em contato com um médico. Não preciso descrever tudo. As ramificações parecem não ter fim. E isso é metade da história. Os visitantes estrangeiros que vêm ao Bertram formam a outra metade. A maioria é dos Estados Unidos ou dos Domínios Britânicos. Pessoas ricas, acima de qualquer suspeita, que chegam e partem cheias de malas de luxo, aparentemente iguais, mas diferentes. Turistas ricos que chegam à França sem se preocupar com a alfândega, porque a alfândega não importuna turistas que trazem dinheiro para o país. E não são sempre os mesmos turistas. Não é bom ir com muita sede ao pote. Não será fácil provar ou juntar todos esses elementos, mas, no fim, tudo será esclarecido. Já temos um começo. Os Cabot, por exemplo...

– O que tem os Cabot? – perguntou Bess Sedgwick, rispidamente.

– Lembra deles? Americanos muito simpáticos. Muito mesmo. Hospedaram-se aqui no ano passado e voltaram este ano. Mas não voltariam uma terceira vez. Ninguém vem para cá mais de duas vezes no mesmo grupo. Sim, prendemos os dois quando eles chegaram em Calais. Um trabalho muito bem-feito aquela mala que eles levavam. Continha mais de três mil libras. Produto do assalto ao trem de Bedhampton. Evidentemente, isso é apenas uma gota no oceano. O Hotel Bertram, como eu disse, é o centro de operações disso tudo! Metade do quadro de funcionários está envolvida no esquema. Alguns dos hóspedes também. Alguns são realmente quem dizem que são... outros não. Os verdadeiros Cabot, por exemplo, estão em Iucatã no momento. Além disso, havia a quadrilha da identificação. O juiz Ludgrove, por exemplo. Um rosto familiar, nariz de batata e uma verruga. Bem fácil de imitar. O cônego Pennyfather. Um educado clérigo do interior, de cabelo branco volumoso e jeito exageradamente distraído. Seus maneirismos, sua forma de espiar por cima dos óculos. Tudo facílimo de imitar por um bom ator.

– Mas para que tudo isso? – perguntou Bess.

– A senhora realmente está querendo saber? Não é óbvio? O juiz Ludgrove é visto perto do local onde um banco é assaltado. Alguém o reconhece e o entrega. Começamos a investigar. É tudo um engano. Ele estava em outro lugar na ocasião. Só depois de algum tempo é que descobrimos que isso tudo fazia parte do que às vezes chamamos de "enganos deliberados". Ninguém se deu ao trabalho de identificar o homem que tanto se parecia com o juiz. E, na verdade, ele não se parece muito com o juiz, sem maquiagem e fora do papel. A coisa toda causa muita confusão. Uma vez tivemos um juiz, um arcediago, um almirante e um general de divisão, todos vistos perto da cena do crime. Depois do assalto ao trem de Bedhampton, pelo menos quatro veículos foram utilizados antes que o dinheiro chegasse a Londres. Um carro de corrida dirigido por Ladislaus Malinowski, um falso caminhão Metal Box, um Daimler antigo com um almirante dentro e um velho clérigo de cabeleira branca num Morris Oxford. Uma operação brilhante, magnificamente planejada. Mas aí, um belo dia, a quadrilha tem um pouco de azar. Aquele velho clérigo confuso, o cônego Pennyfather, vai pegar o avião no dia errado, não o deixam embarcar, e ele sai vagando pela Cromwell Road. Decide assistir a um filme. Chega ao hotel depois da meia-noite, sobe para o quarto, cuja chave está no seu bolso, abre a porta, e qual não é sua surpresa ao se deparar com o que lhe parece ser *ele próprio*, sentado numa cadeira na sua frente! A última coisa que a quadrilha esperava era ver o cônego Pennyfather verdadeiro, que deveria estar bem longe, em Lucerna, entrar no quarto naquele instante! O sósia estava justamente se arrumando para desempenhar seu papel em Bedhampton quando o cônego verdadeiro chega. Eles não sabem o que fazer, mas um dos membros do grupo, provavelmente Humfries, tem um reflexo rápido e golpeia o velho na cabeça, deixando-o inconsciente. Acho que alguém ficou muito aborrecido com isso. Muito mesmo. Mas examinando melhor o velho, o grupo chega à conclusão de que ele está apenas desmaiado e resolve dar continuidade ao plano. O falso cônego Pennyfather sai do quarto, deixa o hotel e vai até o cenário das atividades, onde deve desempenhar seu papel na corrida de revezamento. O que fizeram com o verdadeiro cônego Pennyfather, eu não sei. Mas tenho um palpite. Presumo que ele tenha sido levado de carro, na mesma noite, até o chalé do horticultor, que era um local não muito distante do ponto onde o trem seria assaltado e onde um médico poderia atendê-lo. Desse modo, se dissessem que viram o cônego Pennyfather nas redondezas, tudo se encaixaria. Todos os envolvidos devem ter ficado bastante preocupados até o cônego voltar a si, e o grupo verificar que pelos menos três dias tinham sido apagados de sua memória.

– Caso contrário, teriam matado o cônego? – perguntou Miss Marple.

– Não – respondeu Pai. – Acho que jamais o matariam. Não permitiriam que isso acontecesse. Parece bastante claro que a pessoa que comanda esse negócio, seja ela quem for, é contra assassinatos.

– Parece fantástico! – exclamou Bess Sedgwick. – Totalmente fantástico! E não acredito que o senhor tenha qualquer prova do envolvimento de Ladislaus Malinowski nessa estupidez.

– Tenho prova suficiente contra Ladislaus Malinowski – disse Pai. – Ele é descuidado. Andou por aqui quando não deveria. Na primeira vez, veio estabelecer contato com a sua filha. Eles tinham um código.

– Bobagem. Ela mesma disse para o senhor que não o conhecia.

– Ela pode ter dito, mas não é verdade. Ela está apaixonada por ele. Quer que o rapaz se case com ela.

– Pois eu não acredito!

— A senhora não tem como saber — lembrou o inspetor-chefe Davy. — Malinowski não é do tipo de pessoa que conta todos os seus segredos, e a senhora não conhece a sua filha. A senhora mesma disse. Ficou brava, não ficou, quando descobriu que Malinowski tinha vindo ao Hotel Bertram?

— Por que eu ficaria brava?

— *Porque a senhora é o cérebro do grupo* – respondeu Pai. — A senhora e Henry. A parte financeira era administrada pelos irmãos Hoffman. Eles faziam todos os arranjos com os bancos continentais, tratavam das contas, esse tipo de coisa, mas a líder do sindicato, a cabeça que dirigia e planejava tudo era a sua, lady Sedgwick.

Bess olhou para ele e riu.

— Nunca ouvi nada mais absurdo! – disse.

— Não há nada de absurdo. A senhora tem inteligência, coragem e ousadia. Já experimentou quase tudo. E achou que podia fazer uma experiência com o crime, pela emoção, pelo risco. Não era tanto o dinheiro que a atraía, mas a diversão. Por isso, a senhora não tolerava violência ou morte. E não havia morte, nem assaltos brutais. Só pequenas pancadas inofensivas na cabeça, quando necessário. A senhora é uma mulher muito interessante. Uma das poucas, entre tantos criminosos desinteressantes.

Fez-se silêncio por alguns minutos. Bess Sedgwick, então, levantou-se.

— O senhor deve estar louco – disse, pondo a mão no telefone.

— Vai chamar seu advogado? É melhor mesmo, antes que fale demais.

Com um gesto brusco, ela recolocou o fone no gancho.

– Pensando bem, odeio advogados. Tudo bem. Como o senhor quiser. Sim, eu comando o espetáculo. O senhor tem toda a razão quando diz que eu me divertia. Adorei cada momento. Era muito divertido tirar dinheiro dos bancos, trens, agências de correio e dos chamados "carros-fortes". Era divertido planejar e decidir. Divertidíssimo, e não me arrependo. Vamos com muita sede ao pote, não? Não foi isso o que o senhor acabou de dizer? Pois é verdade. Bom, valeu o preço do ingresso! Mas o senhor se equivoca ao acusar Ladislaus Malinowski de ter matado Michael Gorman! Não foi ele. Fui *eu*. – Bess Sedgwick soltou uma risada repentina, espalhafatosa. – Não importa o que ele fez, o que ameaçou fazer... eu disse que lhe daria um tiro... Miss Marple me ouviu... e dei mesmo. Fiz o que o senhor achou que Ladislaus tinha feito. Escondi-me na área. Quando Elvira passou, dei um tiro para o alto, e quando ela gritou e Micky veio correndo pela rua, tive-o bem na mira e atirei! Evidentemente, tenho as chaves de todas as entradas do hotel. Entrei pela porta lateral e subi para o meu quarto. Jamais me ocorreu que vocês fossem descobrir que a pistola era de Ladislaus ou que fossem desconfiar dele. Peguei-a de seu carro sem ele saber. Juro que minha intenção não era incriminá-lo.

Bess Sedgwick virou-se para Miss Marple.

– A senhora é testemunha do que eu disse, lembre-se. *Eu matei Gorman.*

– Ou talvez a senhora esteja dizendo isso porque está apaixonada por Malinowski – insinuou Davy.

– Não estou – retrucou Bess. – Somos só bons amigos, nada mais. Sim, já tivemos um caso no passado, mas não estou apaixonada por ele. Em toda a minha vida, só amei uma pessoa: John Sedgwick. – Sua voz se abrandou ao pronunciar aquele nome. – Mas Ladislaus é meu amigo. Não quero que ele seja incriminado por algo que não fez. *Eu matei Michael Gorman.* Já confessei, e Miss Marple me ouviu. E agora, meu caro inspetor-chefe – disse, elevando a voz e soltando uma risada –, *venha me pegar se for capaz.*

Com um gesto do braço, arrebentou o vidro da janela com o telefone e, antes que Davy tivesse tempo de se levantar, ela já estava do lado de fora, deslizando pela cornija. Com surpreendente agilidade apesar de seu tamanho, Davy foi correndo para a outra janela e levantou o caixilho. Ao mesmo tempo, soprava o apito que havia tirado do bolso.

Miss Marple, levantando-se com mais dificuldade um pouco depois, foi para o lado dele. Juntos, olharam ao longo da fachada do Hotel Bertram.

– Ela vai cair. Está subindo pelo cano de drenagem – exclamou Miss Marple. – Mas por que *subindo*?

– Ela está indo para o telhado. É sua única chance, e ela sabe disso. Meu Deus, olhe o que ela está fazendo. Sobe como um gato. Parece uma mosca presa à parede. Como está se arriscando!

– Ela vai cair – murmurou Miss Marple, com os olhos semicerrados. – Ela não vai conseguir...

A mulher que eles estavam observando desapareceu do campo de visão deles. Pai recuou um pouco.

Miss Marple perguntou:

– O senhor não quer ir e...

Pai respondeu que não com a cabeça.

– O que é que eu posso fazer com este tamanho todo? Tenho os meus homens a postos para uma eventualidade como essa. Eles sabem o que fazer. Em alguns minutos, saberemos... Se bem que não me estranharia se ela escapasse. Ela é uma mulher rara. – Davy suspirou. – Daquelas indomáveis. Em cada geração aparecem algumas assim. Ninguém consegue obrigá-las a viver em comunidade, obedecendo à lei e à ordem. Se são santas, vão cuidar dos leprosos, ou acabam sendo martirizadas nas selvas. Se são más, cometem atrocidades que não vale a pena nem citar. E às vezes são apenas indomáveis. Acho que teriam dado certo se tivessem nascido numa outra época, em que os indivíduos lutavam para se manterem vivos, cada um por si. Riscos o tempo todo, perigo em toda parte, e elas próprias representando um perigo para os demais. Esse mundo lhes serviria. Elas se sentiriam em casa nele. Este nosso não lhes serve.

– O senhor sabe o que ela ia fazer?

– Na verdade, não. Esse é um dos seus dons: a imprevisibilidade. Ela deve ter previsto tudo. Sabia que isso ia acontecer. Ficou sentada, nos olhando, deixando a bola rolar, e pensando. Pensando e planejando. Espero... ah! – interrompeu-se ao ouvir o som de um carro ligando, o ranger de pneus e o ronco potente de um motor de corrida. Davy debruçou-se pela janela.

– Ela conseguiu. Pegou o carro.

O carro cantou pneu ao dobrar a esquina sobre duas rodas, acelerou, e o belo monstro branco apareceu, velocíssimo.

– Ela vai matar alguém – disse Pai. – Vai matar um monte de gente... mesmo que não consiga se matar.

– É possível – disse Miss Marple.

– Ela dirige bem, claro. Muito bem, aliás. Uau, essa passou perto!

Ouviram o som do carro distanciando-se, a buzina tocando, e depois o barulho diminuiu. Ouviram exclamações, gritos, o ranger de freios, carros buzinando e parando de repente e, por fim, um uivo estridente de pneus e os estalos de um cano de escape.

– Ela bateu – disse Pai.

Ficou quieto, esperando com a paciência característica de sua grande e pacata figura. Miss Marple ficou calada ao seu lado. Então, como numa corrida de revezamento, as pessoas começaram a espalhar a notícia. Um homem na calçada oposta ergueu o rosto para o inspetor-chefe e fez alguns sinais rápidos com as mãos.

– Acabou – disse Pai, com pesar. – Ela está morta! Bateu na grade do parque a cento e cinquenta quilômetros por hora. Não houve ninguém acidentado, só pequenas colisões. Dirigia esplendidamente. Sim, está morta. – Voltou-se para o interior do quarto, acrescentando, com a voz grave: – Bem, ela contou sua história primeiro. A senhora ouviu.

– Sim – disse Miss Marple. – Ouvi. – Fez uma pausa. – Só que não era verdade – concluiu, calmamente.

O inspetor-chefe Davy ficou olhando para ela.

– A senhora não acreditou, não é?

– E o senhor acreditou?

– Não – respondeu Pai. – Não era a versão correta. Ela inventou tudo aquilo esperando que se encaixasse na história, mas era mentira. Não foi ela quem atirou em Michael Gorman. A senhora, por acaso, sabe quem foi?

– Claro que sei – disse Miss Marple. – A menina.

– Ah! E quando a senhora começou a achar isso?

– Sempre suspeitei – respondeu Miss Marple.

– Eu também – disse Pai. – Ela estava morrendo de medo naquela noite. E as mentiras que contou não convenceram. Mas não consegui entender o motivo no início.

– Isso também me intrigou – disse Miss Marple. – Ela tinha descoberto a bigamia da mãe, mas será que uma menina mataria por isso? Não hoje em dia! Suponho que tenha sido a questão do dinheiro, não?

– Sim, foi pelo dinheiro – disse o inspetor-chefe. – O pai lhe deixou uma fortuna monumental. Quando ela descobriu que a mãe era casada com Michael Gorman, concluiu que o casamento com Coniston não era legal. E achou que o dinheiro não seria seu, porque, mesmo sendo filha dele, não era filha legítima. Estava equivocada. Já tivemos um caso desses. Depende dos termos do testamento. Coniston deixou claramente o dinheiro para a filha, citando-a pelo nome. Ela receberia tudo de qualquer maneira, mas ela não sabia disso. E não abriria mão daquela fortuna.

– Para que ela precisava tanto de dinheiro?

O inspetor-chefe Davy disse, fechando o semblante:

– Para comprar Ladislaus Malinowski. Ele só se casaria com ela por dinheiro. Sem dinheiro, não casaria. Ela, que não era nenhuma idiota, sabia disso. Mas queria o rapaz de qualquer maneira. Estava perdidamente apaixonada por ele.

– Eu sei – disse Miss Marple. E explicou: – Eu vi o rosto dela aquele dia no Battersea Park.

– Ela sabia que, com o dinheiro, ficaria com ele, sem o dinheiro, o perderia – disse Pai. – E por isso ela planejou um assassinato a sangue frio. Ela não se escondeu na área, evidentemente. Não havia ninguém ali. Atirou da grade mesmo e gritou. Quando Michael Gorman veio correndo do hotel, atirou nele à queima-roupa. E continuou gritando, na maior calma. Não pensava em incriminar o jovem Ladislaus. Pegou a pistola dele porque era a única que conseguiria facilmente. E jamais sonhou que ele pudesse ser suspeito do crime ou que fosse andar pelos arredores naquela noite. Achou que o crime seria atribuído a algum bandido se aproveitando do nevoeiro. Sim, estava tudo sob controle. Mas *depois*, naquela noite, ela ficou com medo! E a mãe sentiu medo por ela...

– E agora, o que o senhor vai fazer?

– Sei que foi ela – disse Pai. – Mas não tenho provas. Talvez ela tenha sorte de principiante... Mesmo a lei hoje em dia parece aceitar o princípio de permitir ao cão a primeira mordida... traduzido em termos humanos. Um advogado experiente pode fazer um drama. Uma menina tão jovem, criada com dificuldade... e ela é bonita.

– Sim – disse Miss Marple. – Os filhos de Lúcifer geralmente são bonitos... Como sabemos, florescem feito a sempre-verde nativa.

– Mas, como eu dizia, talvez nem tenhamos julgamento. Não há provas. Pense na senhora. Será chamada como testemunha. Testemunha do que disse a mãe. Da confissão do crime pela mãe.

– Eu sei – disse Miss Marple. – Ela queria que eu testemunhasse suas palavras, não? Escolheu a morte como o preço da liberdade da filha. Foi como se me fizesse um último pedido.

A porta que dava para o outro quarto se abriu. Elvira Blake entrou. Usava um vestido liso, azul-claro. Os cabelos lhe emolduravam o rosto. Parecia um desses anjos da pintura italiana primitiva. Olhou para os dois.

– Ouvi um barulho de carro, de batida, e pessoas gritando – disse. – Aconteceu um acidente?

– Lamento informá-la, srta. Blake – disse o inspetor Davy, formalmente –, mas a sua mãe está morta.

– Oh, não – disse, sem convicção.

– Antes de fugir – contou o inspetor-chefe Davy –, porque ela estava fugindo, ela confessou o assassinato de Michael Gorman.

– Ela disse... que foi *ela*?

– Sim – respondeu Pai. – Foi o que ela *disse*. Você tem algo a acrescentar?

Elvira ficou olhando para ele por um bom tempo.

– Não – disse, sacudindo levemente a cabeça. – Não tenho nada a acrescentar.

Virou-se e saiu do quarto.

– Bem – disse Miss Marple –, o senhor vai deixá-la escapar assim?

Fez-se uma pausa. Em seguida, o inspetor-chefe Davy gritou, dando um murro na mesa.

– Não. Juro por Deus que não vou deixar!

Miss Marple assentiu, com um movimento lento e grave de cabeça.

– Que Deus tenha piedade de sua alma.

Série Agatha Christie na Coleção **L&PM** POCKET

O homem do terno marrom
O segredo de Chimneys
O mistério dos sete relógios
O misterioso sr. Quin
O mistério Sittaford
O cão da morte
Por que não pediram a Evans?
O detetive Parker Pyne
É fácil matar
Hora Zero
E no final a morte
Um brinde de cianureto
Testemunha de acusação e outras histórias
A Casa Torta
Aventura em Bagdá
Um destino ignorado
A teia da aranha (com Charles Osborne)
Punição para a inocência
O Cavalo Amarelo
Noite sem fim
Passageiro para Frankfurt
A mina de ouro e outras histórias

Mistérios de Hercule Poirot

Os Quatro Grandes
O mistério do Trem Azul
A Casa do Penhasco
Treze à mesa
Assassinato no Expresso Oriente
Tragédia em três atos
Morte nas nuvens
Os crimes ABC
Morte na Mesopotâmia
Cartas na mesa
Assassinato no beco
Poirot perde uma cliente
Morte no Nilo
Encontro com a morte
O Natal de Poirot
Cipreste triste
Uma dose mortal
Morte na praia
A Mansão Hollow
Os trabalhos de Hércules
Seguindo a correnteza
A morte da sra. McGinty
Depois do funeral
Morte na rua Hickory
A extravagância do morto
Um gato entre os pombos
A aventura do pudim de Natal
A terceira moça
A noite das bruxas
Os elefantes não esquecem
Os primeiros casos de Poirot
Cai o pano: o último caso de Poirot
Poirot e o mistério da arca espanhola e outras histórias
Poirot sempre espera e outras histórias

Mistérios de Miss Marple

Assassinato na casa do pastor
Os treze problemas
Um corpo na biblioteca
A mão misteriosa

Convite para um homicídio
Um passe de mágica
Um punhado de centeio
Testemunha ocular do crime
A maldição do espelho
Mistério no Caribe
O caso do Hotel Bertram
Nêmesis
Um crime adormecido
Os últimos casos de Miss Marple

MISTÉRIOS DE TOMMY & TUPPENCE

Sócios no crime
M ou N?
Um pressentimento funesto
Portal do destino

ROMANCES DE MARY WESTMACOTT

Entre dois amores
Retrato inacabado
Ausência na primavera
O conflito
Filha é filha
O fardo

TEATRO

Akhenaton
Testemunha da acusação e outras peças
E não sobrou nenhum e outras peças

MEMÓRIAS

Autobiografia

Agatha Christie

EM TODOS OS FORMATOS
AGORA TAMBÉM EM FORMATO TRADICIONAL (14x21)

L&PM EDITORES

"Uma delícia de ler." The Times
Agatha Christie
AUTOBIOGRAFIA
L&PM
Agatha Christie
MISS MARPLE
todos os romances
Primeiro volume
Assassinato na casa do pastor
Um corpo na biblioteca
A mão misteriosa
Convite para um homicídio
L&PM
Agatha Christie®
AGATHA CHRISTIE
MISTÉRIOS DOS ANOS 30
O mistério Sittaford
Por que não pediram a Evans?
É fácil matar
AGATHA CHRISTIE
MISTÉRIOS DOS ANOS 40
M ou N?
Hora Zero
Um brinde de cianureto
A Casa Torta
L&PM
AGATHA CHRISTIE
MISTÉRIOS DOS ANOS 50
Aventura em Bagda
Um destino ignorado
Punição para a inocência
O Cavalo Amarelo
L&PM
AGATHA CHRISTIE
MISTÉRIOS DOS ANOS 60
Noite sem fim
Um pressentimento funesto
Passageiro para Frankfurt
Portal do destino
L&PM
L&PM EDITORES

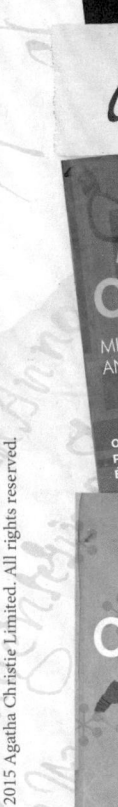

Poirot 100 anos

Agatha Christie

- MORTE NO NILO
- MORTE NA PRAIA
- NOITE DAS BRUXAS
- ENCONTRO COM A MORTE
- ASSASSINATO NO EXPRESSO ORIENTE
- A MANSÃO HOLLOW

L&PMPOCKET

IMPRESSÃO:

Pallotti
GRÁFICA EDITORA
IMAGEM DE QUALIDADE

Santa Maria - RS - Fone/Fax: (55) 3220.4500
www.pallotti.com.br